GRöLS Verlage

„BÜCHER SIND WIE FALLSCHIRME. SIE NÜTZEN UNS NICHTS, WENN WIR SIE NICHT ÖFFNEN."

Gröls Verlag

Redaktionelle Hinweise und Impressum

Das vorliegende Werk wurde zugunsten der Authentizität sehr zurückhaltend bearbeitet. So wurden etwa ursprüngliche Rechtschreibfehler *nicht* systematisch behoben, denn kleine Unvollkommenheiten machen das Buch – wie im Übrigen den Menschen – erst authentisch. Mitunter wurden jedoch zum Beispiel Absätze behutsam neu getrennt, um den Lesefluss zu erleichtern.

Um die Texte zu rekonstruieren, werden antiquarische Bücher von Lesegeräten gescannt und dann durch eine Software lesbar gemacht. Der so entstandene Text wird von Menschen gegengelesen und korrigiert – hierbei treten auch Fehler auf. Wenn Sie ebenfalls antiquarische Texte einreichen möchten, finden Sie weitere Informationen auf www.groels.de

Viel Freude bei der Lektüre wünscht Ihnen das Team des Gröls-Verlags.

Adressen

Verleger: Sophia Gröls, Im Borngrund 26, 61440 Oberursel

Externer Dienstleister für Distribution & Herstellung: BoD, In de Tarpen 42, 22848 Norderstedt

Unsere „Edition | Werke der Weltliteratur“ hat den Anspruch, eine der größten und vollständigsten Sammlungen klassischer Literatur in deutscher Sprache zu sein. Nach und nach versammeln wir hier nicht nur die „üblichen Verdächtigen“ von Goethe bis Schiller, sondern auch Kleinode der vergangenen Jahrhunderte, die – zu Unrecht – drohen, in Vergessenheit zu geraten. Wir kultivieren und kuratieren damit einen der wertvollsten Bereiche der abendländischen Kultur. Kleine Auswahl:

Francis Bacon • Neues Organon • **Balzac** • Glanz und Elend der Kurtisanen • **Joachim H. Campe** • Robinson der Jüngere • **Dante Alighieri** • Die Göttliche Komödie • **Daniel Defoe** • Robinson Crusoe • **Charles Dickens** • Oliver Twist • **Denis Diderot** • Jacques der Fatalist • **Fjodor Dostojewski** • Schuld und Sühne • **Arthur Conan Doyle** • Der Hund von Baskerville • **Marie von Ebner-Eschenbach** • Das Gemeindekind • **Elisabeth von Österreich** • Das Poetische Tagebuch • **Friedrich Engels** • Die Lage der arbeitenden Klasse • **Ludwig Feuerbach** • Das Wesen des Christentums • **Johann G. Fichte** • Reden an die deutsche Nation • **Fitzgerald** • Zärtlich ist die Nacht • **Flaubert** • Madame Bovary • **Gorch Fock** • Seefahrt ist not! • **Theodor Fontane** • Effi Briest • **Robert Musil** • Über die Dummheit • **Edgar Wallace** • Der Frosch mit der Maske • **Jakob Wassermann** • Der Fall Maurizius • **Oscar Wilde** • Das Bildnis des Dorian Grey • **Émile Zola** • Germinal • **Stefan Zweig** • Schachnovelle • **Hugo von Hofmannsthal** • Der Tor und der Tod • **Anton Tschechow** • Ein Heiratsantrag • **Arthur Schnitzler** • Reigen • **Friedrich Schiller** • Kabale und Liebe • **Nicolo Machiavelli** • Der Fürst • **Gotthold E. Lessing** • Nathan der Weise • **Augustinus** • Die Bekenntnisse des heiligen Augustinus • **Marcus Aurelius** • Selbstbetrachtungen • **Charles Baudelaire** • Die Blumen des Bösen • **Harriett Stowe** • Onkel Toms Hütte • **Walter Benjamin** • Deutsche Menschen • **Hugo Bettauer** • Die Stadt ohne Juden • **Lewis Caroll** • *und viele mehr….*

William Shakespeare

Das Trauerspiel vom Macbeth

Übersetzt

von

Christoph Martin Wieland

Inhalt

Personen

Duncan, König von Schottland.
Malcolm und **Donalbain**, Söhne des Königs.
Macbeth und **Banquo**, Feldherren über das Königliche Kriegsheer.
Lenox, Macduff, Rosse, Menteth, Angus und **Cathneß**, Thans oder Baronen von Schottland.
Fleance, Banquo's Sohn.
Siward, Feldherr über das Engländische Heer.
Der junge Siward, sein Sohn.
Seyton, ein Vertrauter des Macbeth.
Macduffs Sohn.
Ein Arzt.
Lady Macbeth.
Lady Macduff.
Cammer-Frauen der Lady Macbeth.
Hecate, und drey andre Hexen.
Herren, Officianten, Kriegs-Knechte und Bediente, als stumme Personen.
Der Geist des Banquo, und verschiedne andre Erscheinungen.

Der Schauplaz ligt zu Ende des vierten Aufzugs in England, durch das ganze übrige Schauspiel in Schottland, und meistens in Macbeths Burg.

Erster Aufzug

Erste Scene

Ein offner Plaz.

Donner und Bliz. Die drei Hexen treten auf.

1. Hexe. Wenn kommen wir drey uns wieder entgegen,
In Donner, Blizen oder Regen?

2. Hexe. Wenn das Mordgetümmel schweigt,
Und der Sieg den Aufruhr beugt

When the hurly-burly's done,
When the battle's lost and Won.

3. Hexe. Also, eh der Tag sich neigt.

1. Hexe. Nennt den Ort!

2. Hexe. Die Heide dort.

3. Hexe. Dort gehn wir Macbeths wegen hin.

1. Hexe. Ich komm, ich komme, Grimalkin – –

2. Hexe. Padok ruft – – wir kommen schon.

Alle. Auf, und durch die Nebel-Luft davon!

Zweyte Scene

Verwandelt sich in den Palast zu Foris.

Der König, Malcoln, Donalbain, Lenox, und Gefolge, die einen blutenden Officier antreffen.

König. Was für ein blutender Mann ist das? Seinem Aussehn nach kan er uns von dem neuesten Zustand der Rebellion Nachricht geben.

Malcoln. Es ist eben der wakre Officier, dessen heroische Verwegenheit mich aus den Händen der Feinde riß. Heil dir, braver Freund; sage dem König, in was für Umständen du das Treffen verlassen hast.

Officier. Lange war es zweifelhaft, wie der Kampf von zween Schwimmern, die, mit einander ringend, Kunst und Stärke an einander messen. Der unerbittliche Macdonell, (würdig ein Rebell zu seyn; so groß ist die Menge angebohrner Laster, die ihn dazu bestimmen) wurde durch Kernen und Gallo-Glassen, aus den westlichen Inseln unterstüzt, und das Glük, das seiner verdammten Unternehmung lächelte, schien eines Rebellen Hure geworden zu seyn. Aber das alles half ihn nichts; der heldenmüthige Macbeth (wohl verdient er diesen Namen) hieb mit edler Verachtung des Glüks, mit seinem von blutiger Arbeit rauchenden Schwerdt, wie ein wahrer Liebling der Tapferkeit, sich seinen Weg bis unter die Augen des Sclaven durch; und ließ nicht eher von ihm ab, bis er ihn vom Wirbel bis zum Kinn aufgespaltet, und seinen Kopf als ein Siegeszeichen vor den Augen unsrer Schaaren aufgestekt hatte.

König. O! tapfrer Vetter! würdiger Edelmann!

Cap. Allein, gleichwie von eben dem Osten, woher die Sonne ihren glänzenden Lauf beginnt, schifbrechende Stürme und schrekliche Donner-Wetter hervorbrechen; so entsprang aus dem Schooße des Sieges eine neue Gefahr des Verderbens. Höre, König von Schottland, höre; kaum hatte die Gerechtigkeit mit Tapferkeit bewafnet diese schnellfüßigen Kernen genöthigt, ihr Heil ihren

Fersen zu vertrauen; so begann seinen Vortheil ersehend, der Norwegische König mit hellgeschliffnen Waffen und einer Verstärkung von frischen Völkern, einen neuen Angriff.

König. Erschrekte das nicht unsre Feldherren, Macbeth und Banquo?

Cap. Wie Sperlinge, Adler; oder der Hase, den Löwen. Wenn ich die Wahrheit sagen soll, so muß ich sagen, sie waren Canonen die mit einer doppelten Ladung überladen sind, so verdoppelte Streiche führten sie auf den Feind; es war nicht anders als ob sie sich in rauchendem Blute baden, oder ein andres Golgatha machen wollten – – Das ist alles was ich davon sagen kan, denn ich bin ganz matt; meine Wunden schreyen um Hülfe.

König. Deine Worte und deine Wunden machen beyde dir Ehre; geht, hohlt Wundärzte für ihn – –

Rosse und Angus zu den Vorigen.

Aber wer kommt hier?

Malcoln. Der würdige Than von Rosse.

Lenox. Was für ein Hast aus seinen Augen schaut! So muß derjenige aussehen, der ausserordentliche Dinge zu sagen hat.

Rosse. Gott erhalte den König!

König. Woher kommst du, ehrenvoller Than?

Rosse. Von Fife, grosser König, wo die Norwegischen Fahnen stolz an die Wolken anzuschlagen, und unsern Völkern kalte Schreknisse zuzuwehen schienen. Norwegen, selbst durch seine Anzahl furchtbar, und von diesem treulosen Verräther, dem Grafen von Cawdor unterstüzt, begann ein zweifelhaftes Gefecht; bis daß Bellonens Bräutigam, mit seiner unbezwingbaren

Tapferkeit bewafnet, ihm seinen Mann zeigte, und Spize gegen Spize, Arm gegen Arm, seinen übermüthigen Geist dämpfte. Mit einem Wort, der Sieg fiel auf unsre Seite.

König. Ein grosses Glük!

Rosse. Nun macht Sweno, Norwegens König, Friedens Vorschläge: aber wir gestatteten ihm nur nicht das Begräbniß seiner Leute, bis er, auf der St. *Colmes*-Kill-Insel zehntausend Thaler in Eu. Hoheit Schazkammer bezahlt hatte.

König. Nicht länger soll dieser Than von Cawdor unser Vertrauen mißbrauchen; geht, sprecht ihm das Todes-Urtheil, und grüsset Macbeth mit seinem ehmaligen Titel.

Rosse. Ich will es besorgen.

König. Was er verlohr, hat der edle Macbeth gewonnen.

(Sie gehen ab.)

Dritte Scene

Verwandelt sich in die Heide.

Donner und Bliz. Die drey Hexen treten auf.

1. **Hexe**. Wo bist du gewesen, Schwester?

2. **Hexe**. Ich brachte Schweine um.

3. **Hexe**. Schwester, wo du?

1. **Hexe**. Ein Schiffers-Weib fand ich, das saß,
Und hatte Castanien im Schooß,
Und fraß und schmazt' und fraß;
Gieb mir auch, sagt ich;

Pak dich, Hexe, pak dich – –
Schrie das voll-wampige Aas.
Ihr Mann ist nach Aleppo gefahren,
Allein den Weg will ich ihm ersparen;
In einem Sieb, in Razengestalt,
Doch ohne Schwanz, erreich ich ihn bald!
Das thu' ich, das thu' ich, das thu' ich.

2. Hexe. Das thu!
Ich geb' dir einen Wind dazu.

1. Hexe. Ich danke dir.

3. Hexe. Und ich den andern.

1. Hexe. Ich habe selbst schon alle andern,
Und wenn und wie ein jeder weht,
Woher er kommt, wohin er geht;
Das muß mir keine Carte sagen.
Neunmal neun die Zeit von sieben Tagen
Will ich ihn durch alle Meere jagen.
Dürr wie Heu will ich ihn machen;
Angst und Kummer,
Ohne Rast und ohne Schlummer,
Soll auf seinem Augdach wachen,
Nacht und Tag, und Tag und Nacht;
Und so soll er in der Acht
Siech und elend sich verzehren;
Und ists gleich in meiner Willkuhr nicht,
Sein Schiff an Klippen zu zerstören;
So soll's doch übel zugericht
Von Sturm und Wetter wiederkehren.
Sieh, was ich habe – –

2. Hexe. Zeig es mir.

1. Hexe. Sieh eines Schiffers Daumen hier;
Ich brach sein Schiff nicht weit vom Land,
Und ließ ihn hingestrekt im Sand.

3. Hexe. Trummeln, Trummeln! Macbeth kommt!

Alle. Die Schiksals-Schwestern, Hand in Hand,
Schwärmen über See und Land,
Drehen so im Cirkel sich
Dreymal für dich,
Und dreymal für mich;
Und dreymal, daß es neune macht.
Halt! der Zauber ist vollbracht.

Vierte Scene

Macbeth und Banquo, mit Soldaten und Gefolge.

Macbeth. Einen solchen Tag, so schlimm und so schön zugleich, hab' ich noch nie gesehn.

Banquo. Wie weit ist es noch nach Foris? – – Wer sind diese hier, so grau von Haaren, und so wild in ihrem Anzug? Sie sehen keinen Einwohnern unsrer Erde gleich, und sind doch da. Lebt ihr, oder seyd ihr etwas, dem ein Sterblicher Fragen vorlegen kan? Ihr scheint mich zu verstehen, indem jede zugleich ihren verkürzten Finger an ihre hautigen Lippen legt – – Ihr solltet Weibsbilder seyn, und doch verbieten mir eure Bärte, euch dafür zu halten.

Macbeth. Redet, wenn ihr könnt; wer seyd ihr?

1. Hexe. Heil dir, Macbeth! Heil dir, Than von Glamis!

2. Hexe. Heil dir, Macbeth; Heil dir, Than von Cawdor!

3. Hexe. Heil dir, Macbeth; der einst König seyn wird!

Banquo. Warum bebt ihr so zurük, und scheint euch vor Dingen zu entsezen, die so schön klingen? – – *(Zu den Hexen.)* Beym Namen der Wahrheit, redet! Seyd ihr Geister, oder würklich das, was ihr von aussen scheint? Ihr grüßt meinen edeln Gefährten, mit gegenwärtigem Glük und grossen Weissagungen von edler Befördrung und von königlicher Hoffnung, wovon er ganz ausser sich selbst gesezt scheint; zu mir sagt ihr nichts. Wenn ihr in die Saat der Zeit schauen, und sagen könnt, welches Saamen-Korn wachsen wird, und welches nicht; so redet zu mir, der weder um eure Gunst bittet, noch euern Haß fürchtet.

1. 2. und 3. Hexe, *eine nach der andern:*
Heil dir!

1. Hexe. Kleiner als Macbeth, und grösser!

2. Hexe. Nicht so glüklich, aber weit glükseliger.

3. Hexe. Du wirst kein König seyn, aber Könige zeugen, und so, Heil euch, Macbeth und Banquo!

1. Hexe. Banquo und Macbeth, Heil euch!

Macbeth. Harret, ihr geheimnisvolle Sprecher, und sagt mir mehr; durch Sinels Tod (diß weiß ich) bin ich Than von Glamis; aber wie von Cawdor? Der Than von Cawdor lebt, und lebt im Schoos des Glüks; und daß ich einst König seyn werde, ist eben so unglaublich. Sagt, von wem habt ihr diese wunderbare Vorhersicht? Oder warum haltet ihr auf dieser dürren Heide unsre Reise durch solche prophetische Grüsse auf? –Redet, ich beschwöre euch!

(Die Hexen verschwinden.)

Banquo. Die Erde hat Blasen, wie das Wasser, und diese sind welche davon; wo sind sie hingekommen?

Macbeth. In die Luft; und was körperlich schien, zerfloß wie Athem, in den Wind – – Ich wollte, sie wären noch da.

Banquo. Waren diese Dinge würklich hier, wovon wir reden; oder haben wir von der tollen Wurzel gegessen, die die Vernunft gefangen nimmt?

Macbeth. Eure Kinder sollen Könige werden – –

Banquo. Ihr selbst sollt König seyn!

Macbeth. Und Than von Cawdor dazu; hieß es nicht so?

Banquo. Das waren ihre Worte – – Wer kommt hier?

Fünfte Scene

Rosse und Angus zu den Vorigen.

Rosse. Der König hat, o Macbeth, die glükliche Nachricht von deinen Siegen erhalten – – Die Grösse der Thaten, die du im Gefecht mit den Rebellen gehäuft hast, schien in seinen bewundernden Augen das Ziel des menschlichen Ruhms – – Aber kaum hatte er, ermüdet von deinem Lobe, den Mund geschlossen, als er hörte, daß du gegen die unbändigen Norwegischen Schaaren dich selbst übertroffen habest. So dik wie Hagel kam Zeitung auf Zeitung, jede mit deinen Thaten, dem mächtigen Schuz dieses Königreichs, beladen, und schüttete dein Lob vor ihm aus.

Angus. Wir sind abgeschikt, dir den Dank unsers Königlichen Herrn zu bringen; allein, dich als Herolde bey ihm aufzuführen, nicht dich zu belohnen.

Rosse. Und um dir ein Pfand der grössern Ehren, so er dir zugedacht hat, zu geben, befahl er mir, dich Than von Cawdor zu grüssen; und in diesem neuen Titel, Heil dir, würdigster Than!

Banquo *(vor sich.)*
Wie? Kan der Teufel wahrsagen?

Macbeth. Der Than von Cawdor lebt; wie kleidet ihr mich also in seinen geborgten Schmuk?

Angus. Er lebt noch, der es einst war; aber nur so lange, bis das über ihn ausgesprochene Urtheil des Todes vollzogen seyn wird. Ob er mit Norwegen in geheimem Verständniß war, oder die Rebellen durch Aufmunterungen und Vorschub unterstüzte, oder ob er mit beyden am Untergang seines Vaterlands arbeitete, weiß ich nicht; aber gewiß ist, daß erwiesner und von ihm selbst bekannter Hochverrath ihn gestürzt hat.

Macbeth *(bey Seite.)*
Glamis und Than von Cawdor! Das Grösseste ist noch zurük. *(Zu Angus.)* Ich danke euch für eure Bemühung. *(Zu Banquo.)* Hoft ihr nun nicht, daß eure Kinder Könige seyn werden; da diejenigen, die mir den Than von Cawdor gaben, ihnen nicht weniger verhiessen?

Banquo. Wenn es zuverläßig wäre, so möchte es euch reizen, den Than von Cawdor zu vergessen, und die Crone selbst zu suchen – – Es ist wunderbar! und oftmals, um uns zu unserm Verderben zu gewinnen, sagen uns die Werkzeuge der Finsterniß Wahrheiten; bestechen uns mit unschuldigen Kleinigkeiten, um uns zu Verbrechen von den schreklichsten Folgen zu verleiten. *(Zu Roß und Angus.)* Vettern, ein Wort mit euch, wenn ich bitten darf.

(Sie gehen auf die Seite.)

Macbeth *(vor sich.)*
Zwo Wahrheiten sind gesagt, als glükliche Prologi zu dem erhabnen Aufzug von Königlichem Inhalt. Ich danke euch, meine Herren – – Dieser übernatürliche Unterricht kan nicht böse seyn – – und kan auch nicht gut seyn. Ist er böse, warum gab er mir durch Erfüllung der ersten Verheissung ein Pfand der andern? Ich bin Than von Cawdor. Ist er gut, warum überfällt mich diese Versuchung, vor deren scheußlicher Vorstellung sich mein Haar emporsträubt, und mein sonst festes Herz an meine Rippen schlägt? – – Die That selbst ist weniger entsezlich, als die Vorstellung der geschrekten Einbildungskraft. Dieser Gedanke, dessen Mord doch nur ein Hirngespenste ist, erschüttert meine ganz innerliche Welt so heftig, daß alle andre Arbeit meiner Lebenskräfte still steht, und mir nichts zu seyn scheint als was nicht ist.

Banquo. Seht, wie unser Gefährte verzükt ist!

Macbeth. Wenn das Schiksal will daß ich König sey, nun, so mag mich das Schiksal krönen, ohne daß ich darnach strebe.

Banquo *(zu den andern.)*
Die neuen Ehren, womit er bekleidet worden, sind wie fremde Kleidungen, die uns nicht recht anpassen, bis wir sie durch öfters Tragen gewohnt sind.

Macbeth *(vor sich.)*
Komme, was kommen mag – – Die Zeit rennt mit ihrem Stundenglas durch den raschesten Tag.

Banquo. Würdiger Macbeth, wir warten, bis es euch gelegen ist – –

Macbeth. Vergebet mir! mein tolles Gehirn arbeitete vergeßne Dinge hervor – – Edle Freunde, eure Bemühungen sind da eingetragen, wo ich jeden Tag das Blatt umschlage, sie zu lesen – – Laßt uns zum König eilen; *(zu Banquo.)* Denkt an das was begegnet ist, und wenn wir's indeß besser erwogen haben, laß uns aus offnem Herzen uns davon besprechen.

Banquo. Sehr gerne.

Macbeth. Bis dahin, genug hievon: Kommt, Freunde.

(Sie gehen ab.)

Sechste Scene

Verwandelt sich in den Palast.

Trompeten. Der König, Malcolm, Donalbain, Lenox und Gefolge treten auf.

König. Ist das Urtheil an Cawdor schon vollzogen? Oder sind unsre Commissarien noch nicht zurükgekommen?

Malcolm. Gnädigster Herr, sie sind noch nicht zurük. Aber ich habe mit einem gesprochen, der ihn sterben sah; der mir sagte, daß er seine Verräthereyen sehr aufrichtig bekannt, Eure Hoheit um Vergebung gebeten, und eine tiefe Reue bliken gelassen. Das schönste in seinem Leben war die Art wie er's verließ: Er starb wie einer der auf seinen Tod studiert hat, um das kostbarste was er besaß so gleichgültig wegzuwerfen, als ob es die schlechteste Kleinigkeit wäre.

König. Sein Beyspiel überführt mich, daß es keine Kunst giebt, die innere Gestalt des Gemüths in einem Gesicht zu lesen: Er war ein Mann, auf den ich mein ganzes Vertrauen baute.

Macbeth, Banquo, Rosse und Angus zu den Vorigen.

O verdienstvoller Vetter! Die Sünde meiner Undankbarkeit lag nur eben schwer auf mir. Du bist so weit voraus, daß der schnelleste Flügel der Belohnung zu langsam ist, dich einzuholen. Ich wünschte, du hättest weniger verdient, damit es mir möglich wäre dich nach Würden zu belohnen. Nun bleibt mir nichts übrig als zu bekennen, daß ich dir mehr schuldig bin als alles, was ich habe, bezahlen kan.

Macbeth. Die Dienste, die ich geleistet, sind nicht grösser als meine Pflicht und belohnen sich selbst. Eurer Hoheit kommt es zu, unsre Dienste zu erhalten; sie sind Kinder und Diener des Throns und des Staats, die, wenn sie alles gethan, nur ihre Schuldigkeit gethan haben, da sie durch Lehenspflicht euerm Leben und eurer Crone verpflichtet sind.

König. Sey willkommen: Ich habe angefangen, dich zu pflanzen, und ich will mir angelegen seyn lassen, dein Wachsthum zu befördern. Edler Banquo, du hast nicht weniger verdient, und es soll erkannt werden; laß mich dich umarmen, und an mein Herz dich halten!

Banquo. Wenn ich da wachse, so ist der Herbst euer.

König. Meine Freude ist so groß, daß sie mir Thränen erpreßt. Söhne, Vettern, Thans, und ihr, deren Pläze mir die nächsten sind, wisset, daß wir unsern ältesten Sohn Malcolm zu unserm Thronfolger bestimmt haben, und ihn von nun an zum Prinzen von Cumberland ernennen: Dieser einzige Vorzug soll ihn aus den Verdienstvollen Männern kennbar machen, die mit glänzenden Zeichen des Adels geschmükt, wie Sterne unsern Thron umschimmern werden – – Izt nach Inverneß; und fahret fort, uns euch verbunden zu machen.

Macbeth. Das übrige ist eine Arbeit, die nicht für Eu. Hoheit gemacht ist; ich will selbst der Wirth seyn, und mein Weib mit der Nachricht von eurer Ankunft erfreuen; und so nehm' ich demüthig meinen Abschied.

König. Mein würdiger Cawdor!

Macbeth *(im Weggehen vor sich.)*
Prinz von Cumberland! – – Das ist eine Stuffe, auf der ich fallen, oder die ich überspringen muß, denn sie ligt mir im Wege. Sterne, verhüllt euer Feuer! Laßt selbst die Nacht nicht sehen, was für schwarze Gedanken sich tief aus meiner Brust empor arbeiten – –

(Er geht ab.)

König. In der That, würdiger Banquo; er ist ein Held, und ich kann mich nicht ersättigen, ihn zu loben. Wir wollen ihm folgen, da seine Sorgfalt vorangegangen ist uns zu empfangen; er ist ein unvergleichlicher Mann.

(Sie gehen ab.)

Siebende Scene

Verwandelt sich in ein Zimmer in Macbeths Schloß zu Inverneß.

Lady Macbeth tritt mit einem Brief in der Hand auf.

Lady *ließt.*
„Sie begegneten mir am Tage des Siegs, und aus der Erfüllung ihrer ersten Weissagung sah ich, daß sie mehr als Sterbliche wissen. Da ich vor Begierde brannte, mehr von ihnen zu erfahren, verschwanden sie. Ich stuhnd noch vor Erstaunen ausser mir, als Abgeordnete vom König ankamen, die mich Than von Cawdor grüßten, mit dem nemlichen Titel, womit zuvor diese Zauber-Schwestern mich begrüßt, und durch einen dritten Gruß mir noch angezeigt hatten, daß ich dereinst König seyn sollte. Dieses hab ich nöthig erachtet, dir zu entdeken, theureste Genoßin meiner Grösse, damit du deinen Antheil an meiner Freude nicht verliehrest, wenn du länger unwissend wärest, was für eine Grösse dir versprochen ist. Leg' es an dein Herz, und lebe wohl." – – Glamis bist du und Cawdor – – und sollst seyn, was dir versprochen worden. Und doch fürcht ich deine Gemüthsart, es ist zuviel Milch, zuviel mildes Wesen darinn, um den nächsten Weg einzuschlagen. Du bist nicht ohne Ehrgeiz; du möchtest groß seyn; aber nicht durch schlimme Mittel. Du möchtest gewinnen was dir nicht gehört, und doch nicht falsch spielen; du wünschest nicht daß es ungethan bleibe, aber du scheuest dich es selbst zu thun. Eile, eile herbey, damit ich meinen Geist in dein Ohr giessen, und durch die Tapferkeit meiner Zunge alle diese Gedanken von dir abtreiben könne, die dich von dem goldnen Zirkel zurükscheuchen, womit das Schiksal und übernatürliche Mächte dich gerne bekrönen möchten.

Ein Courier tritt auf.

Was bringt ihr für Nachrichten?

Courier. Der König kommt auf diese Nacht hieher.

Lady. Du bist nicht klug, das zu sagen; ist dein Herr nicht bey ihm? und würd' er, wenn es so wäre, nicht, der Anstalten wegen, hieher geschikt haben?

Courier. Mit Euer Gnaden Erlaubniß, es ist wie ich sage; unser Than ist im Anzug; er hat einen von meinen Cameraden vorausgeschikt, der, beynahe athemloß, kaum noch soviel hatte, daß er seinen Auftrag ausrichten konnte.

Lady. Sorgt für ihn; er bringt eine grosse Zeitung. *(Der Courier geht ab.)* Der Rabe selbst würde mir lieblich singen, der mir Duncans fatale Ankunft unter meine Zinnen krähen würde. Kommt izt, ihr Geister alle, deren Geschäft es ist tödliche Gedanken einzuhauchen, kommt und entweibet mich hier; füllt mich vom Wirbel bis zum Zehen Topfeben mit Grausamkeit an; macht mein Blut dik, verstopft die Zugänge der Reue, daß keine Stiche der wiederkehrenden Natur mein gräßliches Vorhaben erschüttern, noch zwischen den Gedanken und seine Vollziehung treten! Kommt in meine weiblichen Brüste, und macht meine Milch zu Galle, ihr mördrischen Geister, wo ihr immer in unsichtbaren Gestalten auf das Verderben der Menschen laurt – – Komm, dike Nacht! und hülle dich in den schwärzesten Dampf der Hölle, damit mein scharfer Dolch die Wunde nicht sehe, die er macht, noch der Himmel durch den Vorhang der Finsterniß guke, und ruffe: Halt, halt! – –

Macbeth tritt auf.

Grosser Glamis! würdiger Cawdor! *(Sie umarmt ihn.)* Grösser als beydes durch den Gruß der auf diese folgte! Dein

Schreiben hat mich aus dieser armseligen Zeit hinweggerükt, und ich fühle im Gegenwärtigen schon das Künftige.

Macbeth. Theurste Liebe, Duncan kommt diese Nacht hieher.

Lady. Und wenn geht er wieder?

Macbeth. Morgen, wie er sich vorgesezt hat.

Lady. O nimmer soll die Sonne diesen Morgen sehn! Euer Gesicht, mein Than, ist wie ein Buch, worinn man gefährliche Dinge lesen könnte. Heißt euer Gesicht aussehen, wie es die Zeit erfordert; traget freundlichen Willkomm in euern Augen, auf eurer Zunge, in eurer Hand; seht wie die unschuldige Blume, aber seyd die Schlange unter ihr. Geht, und sorget für die Aufnahme dessen der kommen soll, und überlasset meiner Sorge das grosse Geschäfte dieser Nacht, welches allen unsern künftigen Tagen und Nächten die ungetheilte und unumschränkte Herrschaft geben soll.

Macbeth. Wir wollen mehr davon reden.

Lady. Seht nur heiter aus; Furcht ist immer ein Hinderniß des Glüks; überlaßt alles andre mir.

(Sie gehen ab.)

Achte Scene

Vor Macbeths Schloß-Thor.

Hautbois und Fakeln. Der König, Malcolm, Donalbain, Banquo, Lenox, Macduff, Rosse und Angus, samt Gefolge treten auf.

König. Dieses Schloß hat eine angenehme Lage, die Luft empfiehlt sich durch ihre Feinheit und Milde unserm allgemeinen Sinn.

Banquo. Dieser Gast des Sommers, die Tempel-bewohnende Mauer-Schwalbe, beweist durch seine Liebe zu diesem Aufenthalt, daß des Himmels Athem hier lieblich schmekt. Ich sehe keine hervorragende Friesen, keine Verzahnung und keinen Strebe-Pfeiler hier, wo dieser Vogel nicht sein hangendes Bette, die Wiege für seine Jungen, gemacht hätte; und ich habe bemerkt, daß an den Orten, wo sie sich am liebsten aufhalten, die Luft allemal vorzüglich mild ist.

Lady Macbeth zu den Vorigen.

König. Seht hier unsre edle Wirthin! Die Liebe die uns folgt, macht uns zuweilen Unruh, aber wir danken ihr doch, weil es Liebe ist. Laßt euch dieses zum Beweggrund dienen, uns gerne zu haben, ob wir euch gleich Unruhe machen.

Lady. Alle unsre Dienste, in jedem Stük zweymal verdoppelt, wären noch immer arm und unvermögend, die grosse Ehre zu erkennen, womit Eu. Majestät unser Haus begnadigt. Es bleibt uns nichts übrig, als für die alten Gnaden-Bezeugungen sowol, als die neuen, die über jene aufgehäuft worden, eure armen Fürbitter zu bleiben.

König. Wo ist der Than von Cawdor? Wir folgten ihm an den Fersen nach, und nahmen uns vor, seinen Haus-Meister zu machen: Aber er reitet gut, und seine Liebe zu uns hat ihm so schnelle Flügel angesezt, daß er vor uns angekommen ist. Schöne und edle Wirthin, wir sind euer Gast auf diese Nacht.

Lady. Eure Majestät hat über ihre Diener und alles was ihr ist, als über ihr Eigenthum zu befehlen; wir können nichts geben, das wir nicht von ihr empfangen hätten.

König. Gebt mir eure Hand, und führt mich zu meinem Wirth; wir lieben ihn höchlich, und was wir bisher für ihn gethan haben, ist nur ein Anfang der Beweise unsrer Huld, die wir ihm vorbehalten. Mit eurer Erlaubniß, Wirthin – –

(Sie gehen ab.)

Neunte Scene

Ein Zimmer in Macbeths Schloß.

Hautbois, Fakeln. Verschiedene Bediente gehen mit Tellern und Speisen über den Schauplaz. Nach einer Weile erscheint Macbeth.

Macbeth *(allein.)*
Wenn alles vorbey wäre, wenn es gethan ist, so wär's gut, wenn's schnell gethan würde; wenn der Meuchelmord zugleich die Folgen auffischen könnte, und dieser einzige Streich hier alles enden würde – – so möchten wir Muth haben hier auf diesem Sandbank der Zeit über das künftige Leben wegzuspringen. Aber in solchen Fällen empfangen wir gemeiniglich unser Urtheil schon hier, indem wir andern einen blutigen Unterricht geben, der zulezt auf des Erfinders eignen Kopf zurük fällt. Die gleich-messende Gerechtigkeit nöthigt uns, die Hefen unsers eignen Gift-Kelchs auszutrinken – – Er sollte gedoppelt sicher seyn; einmal weil ich sein Verwandter und Vasall bin, beydes starke Beweggründe gegen die That: Hernach als sein Wirth, der, anstatt den Streich selbst zu führen, die Thüre vor seinem Mörder verschliessen sollte. Ueberdem hat dieser Duncan so milde

regiert, hat sein grosses Amt so untadelich verwaltet, daß seine Tugenden, wie Engel, mit Trompeten-Zungen tiefe Verdammniß über seine Wegraffung ausruffen werden; und Mitleiden, gleich einem nakten neugebohrnen Kind, oder wie des Himmels Cherubim, auf den unsichtbaren Rossen der Luft reitend, die entsezliche That in jedes Antliz blasen wird, bis Thränen den Wind ersäuffen – – Ich habe keinen Sporn, der den Lauf meines Vorhabens treibt, als allein den Ehrgeiz, der sich selbst überspringt, und auf einen andern einstürzt – –

Zehnte Scene

Lady Macbeth tritt auf.

Macbeth. Wie steht's? Was giebt's Neues?

Lady. Er hat beynahe abgespeist; warum habt ihr das Zimmer verlassen?

Macbeth. Fragte er nach mir?

Lady. Ich dachte, man hätt' es euch gesagt.

Macbeth. Wir wollen nicht weiter in dieser Sache gehen. Er hat mich kürzlich mit Ehren-Zeichen überhäuft; und ich habe goldne Meynungen von allen Arten von Leuten gekauft, die nun in ihrem neuesten Glanz getragen, und nicht so früh bey Seite geworfen seyn wollen.

Lady. War die Hoffnung trunken, die euch vor kurzem so entschlossen machte? Hat sie seitdem geschlaffen, und erwachte sie nun, um so bleich und grün beym Anblik dessen, was sie vorher liebte auszusehen? Wie? fürchtest du derjenige in der That zu seyn, der du zu seyn wünschest? Strebest du nach dem, was du für die Zierde des Lebens ansiehst, und willst in deinen eignen Augen als eine Memme leben? – – Ich habe das Herz nicht, (armseliger Gedanke!) ob ich gleich gerne wollte; gleich der armen Kaze im Sprüchwort, (die gerne Fische fienge, wenn sie nur die Füsse nicht naß machen müßte.)

Macbeth. Ich bitte dich, halt ein. Ich habe zu allem Muth, was einem Mann anständig ist; wer mehr hat, ist keiner.

Lady. Was für ein Thier war denn das, das euch antrieb, mir die erste Eröffnung von diesem Vorhaben zu thun? Als ihr den Muth hattet es auszuführen, da war't ihr ein Mann; und wenn ihr mehr wäret was ihr waret, so würdet ihr um so viel mehr Mann seyn. Damals bot sich euch weder Zeit noch Ort an, und ihr wolltet beyde machen; sie haben sich selbst gemacht, und ihre Bereitwilligkeit schrekt euch ab – – Ich habe Kinder gesäugt, und weiß wie zärtlich die Liebe zu dem Säugling ist, der an meiner Brust trinkt; aber ich wollte – –ja Macbeth! indem er mich liebkosend angelächelt hätte, wollt' ich meine Warze aus seinem beinlosen Kiefer gezogen, und ihm das Hirn ausgeschlagen haben, wenn ich es so geschworen hätte, wie ihr das geschworen habt.

Macbeth. Wenn es uns mißlünge – –

Lady. Mißlingen? Führt es nur mit Standhaftigkeit aus, so kan es nicht mißlingen. Wenn Duncan schläft, (und die starke Tagreise wird seinen Schlaf befördern;) so will ich seine beyden Kammer-Herren mit Wein und Gesundheiten so zurichten, daß ihr Gedächtniß, der Wächter des Gehirns, ein Dunst seyn soll, und ihre Vernunft ein blosser Distillier-Kolbe; wenn in schweinischem Schlaf ihre ertränkten Kräfte wie im Tode ligen, was können nicht ihr und ich mit dem unbewachten Duncan anfangen? Was können wir nicht seinen vollen Bedienten thun, welche die Schuld unsrer That tragen sollen?

Macbeth. Welch ein Weib! bringe mir keine Töchter! aus deinem Metall müssen nur Männer gebildet werden! – Glaubst du nicht, sie werden für die Thäter angesehen werden, wenn wir sie, indem sie schlafen, mit Blute beschmieren, und ihre eigne Dolche zu der That gebrauchen?

Lady. Wer wird, bey dem Geschrey und Wehklagen, das wir erheben wollen, sich unterstehen anders zu denken?

Macbeth. Ich bin entschlossen, Weib, und alle meine Sehnen strengen zu dieser furchtbaren That sich an. Komm, und laß uns unser Vorhaben unter die schönste Larve verbergen!

(Sie gehen ab.)

Zweyter Aufzug

Erste Scene

Ein Saal in Macbeths Schlosse.

Banquo und Fleance, der ihm eine Fakel vorträgt.

Banquo. Wie weit ists schon in der Nacht? Junge?

Fleance. Der Mond ist unter: ich habe die Gloke nicht gehört.

Banquo. Sie geht auf Zwölfe.

Fleance. Ich denk' es ist später, Gnädiger Herr.

Banquo. Hier, nimm mein Schwert. Man ist häuslich im Himmel; ihre Lichter sind alle aus – – Nimm das auch dazu. Eine schwere Schläfrigkeit ligt wie Bley auf mir, und doch möcht ich nicht gerne schlafen. Ihr wohlthätigen Mächte! entfernt die bösen Gedanken von mir, denen die schlummernde Natur wehrlos ausgesezt ist – –

Macbeth und ein Bedienter mit einer Fakel.

Gieb mir mein Schwert – – Wer ist hier?

Macbeth. Ein Freund.

Banquo. Wie, Sir, noch nicht zu Bette? Der König ruht schon. Er ist diese Nacht ausserordentlich frölich gewesen, und hat euern Haus-Officianten grosse Geschenke gemacht; diesen Diamant sandte er eurer Gemalin, die er seine angenehmste Wirthin grüssen ließ, und zog sich über die massen vergnügt in sein Schlafgemach zurük.

Macbeth. Da wir keine Zeit hatten, Zubereitungen zu machen, so sind wir kaum vermögend gewesen, unsern guten Willen zu zeigen – –

Banquo. Es war alles wohl. Vergangne Nacht träumte mir von den drey Zauber-Schwestern: Euch haben sie doch etwas Wahres gesagt.

Macbeth. Ich denke nicht an sie; und doch, wenn wir eine gelegne Stunde finden könnten, so möchte ich ein paar Worte von dieser Sache mit euch reden. Nennet nur die Zeit.

Banquo. Nach eurer Gelegenheit.

Macbeth. Wenn ihr meine Maaßnehmungen, nachdem ich sie bey mir selbst festgesezt haben werde, unterstüzen wollt, so sollt ihr Ehre dabey gewinnen.

Banquo. In so fern ich sie nicht verliere, indem ich sie zu vermehren suche, und mein Herz und meine Pflicht dabey frey behalte, so bin ich zu euern Diensten.

Macbeth. Gute Nacht indessen.

Banquo. Ich danke euch, Sir; ebenmäßig – –

(Banquo und Fleance gehen ab.)

Macbeth *zum Bedienten.*
Geh, sage deiner Gebieterin, wenn mein Trank fertig sey, solle sie die Gloke ziehen lassen, und geh zu Bette – – Ist diß ein Dolch was ich vor mir seh, der Griff gegen meine Hand gekehrt? Komm, laß mich dich fassen. Ich habe dich nicht, und sehe dich doch immer. Bist du, fatales Gesichte, nicht eben so fühlbar wie du sichtbar bist? Oder bist du nur ein Dolch meiner Seele, ein täuschendes Geschöpfe des fiebrisch-erhizten Gehirns? Immer seh ich dich, in eben so körperlicher Gestalt als dieser den ich hier ziehe. Du zeigst mir den Weg den ich gehen wollte, und ein solches Werkzeug wie du bist, wollt' ich gebrauchen. Entweder sind meine Augen die Narren meiner übrigen Sinne, oder die andern alle werth – – Ich seh dich immer, und auf deiner Klinge Bluts-Tropfen, die zuvor noch nicht waren – – Es ist nichts würkliches – – es ist das blutige Werk meiner Seele, das sich so in meinen Augen mahlt – – Izt scheint auf der Hälfte der Welt die Natur todt, und schlimme Träume mißbrauchen den eingehüllten Schlaf; izt begeht die Zauberey den furchtbaren Dienst der blassen Hecate, und der gräßliche Mord, (von seinem heulenden Wächter, dem Wolf, aufgewekt,) geht mit Tarquins räuberischem Schritte, wie ein Gespenste, seinem Werk entgegen. Du feste, unbewegliche Erde, höre meine Tritte nicht, wohin sie gehen, damit nicht deine Steine selbst dieses schrekliche Stillschweigen

unterbrechen, das sich so wol zu meinem Vorhaben schikt, und verrathen, warum Macbeth wacht – – Ich drohe hier, und er lebt indessen – – *(Die Gloke schlägt an.)* Ich gehe, und es ist gethan; die Gloke ruft mir. Höre sie nicht, Duncan, denn es ist die Gloke, die dich gen Himmel oder zur Hölle citiert.

(Er geht ab.)

Dritte Scene

Lady Macbeth tritt auf.

Lady. Das, was sie trunken machte, hat mich kühn gemacht; was ihr Feuer auslöschte, fachte das meinige an. Horch! Stille! es war eine Eule, die schrie, der fatale Nachtwächter, der uns die gräßlichste gute Nacht giebt – – Er hat es vollbracht – – die Thüren sind offen, und die überfüllten Kämmerer spotten ihres Amts mit Schnarchen. Ich habe ihnen einen so kräftigen Schlaftrunk zubereitet, daß Tod und Natur sich um sie zanken, ob sie leben oder gestorben seyen.

Macbeth tritt auf.

Macbeth. Wer ist hier? – – he!

Lady. O weh! ich fürchte, sie sind aufgewacht, und es ist nicht gethan; der Vorsaz, nicht die That wird uns zu Grunde richten – – horch! ich legte ihre Dolche neben sie, er mußte sie finden – – Hätte er nicht, wie ich ihn schlaffen sah, meinem Vater gleich gesehen, ich hätt' es selbst gethan – – Mein Gemahl!

Macbeth. Sie ist gethan, die That! – – Hörtest du kein Getöse?

Lady. Ich hörte die Eule heulen, und die Feldgrillen schreyen – – Sagtet ihr nicht was?

Macbeth. Wenn?

Lady. Eben izt.

Macbeth. Wie ich herab kam?

Lady. Ja.

Macbeth. Horcht! wer ligt im andern Zimmer?

Lady. Donalbain.

Macbeth *(sieht seine Hände an.)*
Das ist ein trauriger Anblik!

Lady. Ein närrischer Gedanke, es einen traurigen Anblik zu heissen.

Macbeth. Der eine lachte in seinem Schlaf, und einer schrie: Mörder! Sie wekten einander auf; und ich stuhnd und hörte ihnen zu; aber sie sagten ihr Nacht-Gebett her, und schlieffen wieder ein.

Lady. Es sind zween, die beysammen ligen.

Macbeth. Der eine schrie: Gott helf uns! und Amen; der andre, wie sie mich mit diesen Henkers-Händen sahen: Ich hörte zu, aber ich konnte nicht Amen! sagen, wie sie sagten: Gott helf uns!

Lady. Denkt ihm nicht so tief nach.

Macbeth. Aber warum konnt' ich nicht Amen! sagen? Es war als ob es mir im Hals steken bliebe – –

Lady. Man muß solchen Thaten nicht auf eine solche Art nachdenken; das würde uns unsinnig machen.

Macbeth. Es war mir auch nicht anders, als hörte ich eine Stimme, die dem Schlafenden zurief. Schlafe nicht länger!

Macbeth ermordet den Schlaf, den unschuldigen Schlaf; den Schlaf, der die Stirne des Kummers entrunzelt, die Geburt von jedes folgenden Tages Leben, den Balsam verwundeter Gemüther, die heilsamste Erquikung der Natur, und die nahrhafteste Speise im Gastmahl des Lebens – –

Lady. Was wollt ihr mit allem dem?

Macbeth. Es war immer als ob es im ganzen Hause schreye: Wacht auf, schlaft nicht mehr; Glamis hat den Schlaf ermordet, und dafür soll Cawdor nicht mehr schlafen; Macbeth soll nicht mehr schlaffen!

Lady. Wer rief denn so? Wie, mein edler Than, was für fieberhafte, euers Helden-Muths unwürdige Einbildungen sind das? Geht, nehmt ein wenig Wasser, und waschet diese garstige Zeugschaft von euern Händen. Warum brachtet ihr diese Dolche mit euch; sie müssen dort ligen bleiben. Geht, tragt sie wieder hin, und beschmiert die schlaffenden Kämmerer mit Blut.

Macbeth. Ich gehe nicht; ich erschreke vor dem Gedanken was ich gethan habe; seht ihr dazu, ich habe das Herz nicht.

Lady. Schwache Seele! Gebt mir die Dolche; Schlaffende und Todte sind nur Gemählde; nur Kinder fürchten sich vor einem gemahlten Teufel. Wenn er blutet, so will ich die Gesichter der Kämmerlinge damit übergülden; denn sie müssen für die Thäter angesehen werden.

(Sie geht ab.)
(Man hört ein Klopfen hinter der Scene.)

Macbeth *(auffahrend.)*
Woher dieses Klopfen! – – Was wird aus mir werden, wenn jeder Laut mir zu ruffen scheint: Was für Hände sind das? Ha! Sie

reissen mir meine Augen aus! Kan des grossen Neptuns ganzer Ocean dieses Blut von meiner Hand waschen? Nein, eh würde diese meine Hand deine unermeßliche See zu Purpur machen – –

Lady Macbeth kommt zurük.

Lady. Meine Hände haben die Farbe der eurigen, aber ich schäme mich, ein so weisses Herz zu tragen – – *(Ein Klopfen.)* Ich hör' ein Klopfen, von der südlichen Pforte her. Wir wollen uns in unser Gemach zurük ziehn; ein wenig Wasser wird uns von dieser That reinigen. Wie leicht ist sie also? Eure Standhaftigkeit hat euch ganz verlassen – – Horcht, es klopft schon wieder! Geht und hüllt euch in euern Schlafrok ein, sonst möcht' uns die Gelegenheit ruffen, und zeigen daß wir gewacht haben; verliehrt euch nicht so armselig in euern Gedanken.

Macbeth. Wollte der Himmel, ich könnte das Bewußtseyn dieser That oder meiner selbst verliehren! Erwache, Duncan, von diesem Klopfen: Wie wollt' ich, du könntest!

(Sie gehen ab.)

Vierte Scene

Ein Thürhüter tritt auf.

(Man hört klopfen.)

Thürhüter. Das heißt Klopfen, in der That: wenn einer Pförtner am Thor der Hölle wäre, man könnt' ihm's nicht ärger machen – – *(Man hört klopfen.)* Knak! Knak! Knak! Wer ist da, in Beelzebubs Namen? – – ein Pachter, der sich vor Verdruß daß er nicht reicher werden konnte aufhieng – – Nur herein, aber es wird gut seyn, wenn ihr euch mit Handtüchern versehen habt, denn hier werdet ihr dafür schwizen. *(Abermaliges Klopfen.)* Knak! Knak! Wer ist hier, ins T.. Namen? Mein Treu! ein J*s**t, der vermittelst einer Distinction oder einer doppelten Meynung Ja und Nein beschwören kan, der Verräthereyen genug um Gottes willen begangen hat, und mit allen seinen Subtilitäten sich doch nicht hat in den Himmel hineinlügen können. *(Ein Klopfen.)* Knak! Knak! Knak! Wer ist da? – – Sapperment, hier ist ein Englischer Schneider, der hieher geschikt worden ist, weil er aus einer Französischen Hose gestohlen hat: Nur herein Schneider, ihr könnt hier eure Gänse braten – – *(Ein Klopfen.)* Knak! Knak! wird das immer so fortmachen? Aber für eine Hölle ist es hier zu kalt; ich will nicht länger den Teufels-Pförtner machen: ich dachte, ich wollte nach und nach alle Profeßionen hereingelassen haben, die den breiten Rosen-Weg zum ewigen Freuden-Feuer wandeln. *(Ein Klopfen.)* Noch einmal; noch einmal; ich bitte euch, vergeßt den Pförtner nicht.

(Er macht auf.)

Macduff und Lenox treten auf.

Macduff. Seyd ihr so spät zu Bette gegangen, daß ihr so lange liegt?

Pförtner. In der That, Sir, wir zechten bis zum zweyten Hahnen-Ruf; und Trinken, Sir, ist ein grosser Beförderer von drey Dingen.

Macduff. Was für drey Dinge, zum Exempel, befördert das Trinken?

Pförtner. Sapperment, Sir, rothe Nasen, Schlaf und Urin. Was die Unzucht betrift, Sir, diese befördert es und befördert es auch nicht; es reizt die Begierde, aber es verhindert die Vollbringung. Deßwegen kan man sagen, daß ein Rausch in diesem Stük den

Doppel-Sinner mache; er spornt an, und schrekt ab; er überredet, und nimmt den Muth; er wigelt auf, und schlägt nieder; bis sich das Spiel zulezt damit endet, daß er einen zu Boden legt, für todt ligen läßt, und davon geht.

(Hier muß man etliche Zeiten überhüpfen, die in Wortspielen bestehen.)

Macduff. Ist dein Herr schon auf? Unser Klopfen hat ihn aufgewekt, hier kommt er.

Macbeth zu den Vorigen.

Lenox. Guten Morgen, edler Sir.

Macbeth. Ich wünsche beyden einen guten Morgen.

Macduff. Ist der König schon erwacht, edler Than?

Macbeth. Noch nicht.

Macduff. Er befahl mir, ich sollt' ihn frühzeitig weken lassen, und es ist würklich fast um eine Stunde später.

Macbeth. Ich will euch zu ihm führen.

Macduff. Ich weiß, daß es euch eine angenehme Mühe wäre, aber es ist doch eine Mühe.

Macbeth. Eine Arbeit, die uns angenehm ist, heilt ihre Mühe; hier ist die Thüre.

Macduff. Ich will so frey seyn, und ruffen; denn das erlaubt mir mein Amt.

(Macduff geht ab.)

Lenox. Reist der König heute wieder ab?

Macbeth. So bestellte er's.

Lenox. Diese Nacht war eine unruhige Nacht; in dem Gemach, wo wir lagen, wurde das Camin herunter geweht; und, wie sie sagen, so hörte man ein klägliches Geschrey in der Luft, und gräßliche Todes-Stimmen. Fürchterliche Propheten (im Ohr des Aberglaubens) von Verwirrung, Staats-Veränderungen, Fall, und Untergang. Die Eule schrie die ganze Nacht durch, und einige sagen, die Erde selbst habe in fieberhaftem Schauer gezittert.

Macbeth. Es war eine ungestüme Nacht.

Lenox. Ich bin nicht alt genug, mich einer ähnlichen erinnern zu können.

Macduff zu den Vorigen.

Macduff. O! Entsezlich, Entsezlich! Entsezlich! Keine Zunge, kein Herz kan es fassen noch aussprechen.

Macbeth und Lenox. Was ist's dann?

Macduff. Der Frevel hat sein Meisterstük gemacht; eine gottesvergessne Mörder-Hand hat den geweyhten Tempel des Herrn aufgebrochen, und das geheiligte Leben daraus gestohlen.

Macbeth. Was wollt ihr damit sagen? das Leben?

Lenox. Meynt ihr seine Majestät?

Macduff. Geht hinein, und erstarret vor einer neuen Gorgone – Verlangt nicht, daß ich es aussprechen soll; seht, und dann redet selbst: *(Macbeth und Lenox gehen ab)* Erwacht! Erwacht! Schlagt die Sturmgloke! – – Mord und Hochverrath! Banquo! Donalbain! Malcolm! Erwacht! Schüttelt diesen pflaumichten Schlaf ab, des Todes Ebenbild, und seht den Tod selbst – – Auf, auf, und seht das Vorspiel des grossen Gerichts! – – Malcolm! Banquo! Steht wie aus euern Gräbern auf, und schreitet wie Geister daher, die entsezliche Scene anzuschauen – –

Fünfte Scene

(Man läutet die Gloke.)

Lady Macbeth tritt auf.

Lady. Was ist die Ursache, daß eine so fürchterliche Trompete die Schläfer des Hauses auffordert? Redet!

Macduff. Schöne Lady, es taugt nicht für euch zu hören, was ich sagen kan. Ein weibliches Ohr damit zu schreken, würde ein zweyter Mord seyn – – O Banquo! Banquo!

Banquo zu den Vorigen.

Unser König und Herr ist ermordet.

Lady. Hilf Himmel! Was, in unserm Hause?

Banquo. Entsezlich genug, wo es seyn möchte. Macduff, ich bitte dich, widersprich dir selbst, und sag, es sey nicht so.

Macbeth, Rosse und Lenox zu den Vorigen.

Macbeth. O! wär ich nur eine Stunde vor diesem Unfall gestorben, so hätt ich glüklich gelebt! Denn, von diesem Augenblik an, ist nichts schäzbares mehr in der Sterblichkeit; alles ist nur Puppen-Werk; Ehre und Gnade sind todt; der Wein des Lebens ist abgezogen, und die blosse Hefen ist in dieser Cloak der Welt zurükgeblieben – –

Malcolm und Donalbain treten auf.

Donalbain. Was für ein Unglük ist dann begegnet?

Macbeth. Ihr seyd verlohren, und wißt es nicht; die Quelle euers Bluts ist verstopft – –

Macduff. Euer Königlicher Vater ist ermordet.

Malcolm. Oh! von wem?

Lenox. Seine Kämmerlinge, wie es scheint, sind die Thäter; ihre Hände und Gesichter waren überall mit Blute beschmiert; so waren auch ihre Dolche, die wir unabgewischt, auf ihren Küssen fanden, sie sahen wild aus, und waren nicht bey sich selber, es getraute sich niemand ihnen nahe zu kommen.

Macbeth. O, izt reut es mich, daß ich sie in meiner ersten Wuth umgebracht habe – –

Macduff. Warum thatet ihr das?

Macbeth. Wer kan in dem nehmlichen Augenblike weise und verwirrt, ruhig und rasend, getreu und gleichgültig seyn? Niemand. Die Würkung meiner heftigen Liebe überrannte die zaudernde Vernunft. Hier lag Duncan; seine Silber-Haut mit seinem goldnen Blut verbrämt, und seine weitofnen Wunden wie Lüken in der Natur, wodurch das Verderben einbricht; hier, die Mörder, in die Farbe ihres Handwerks gekleidet, ihre Messer unmännlich mit geronnenem Blute bemahlt – – Welcher, der ein Herz für seinen König hatte, und in diesem Herzen Muth, diese Liebe zu beweisen, hätte sich da zurükhalten können?

Lady Macbeth.
Helft mir von hier, oh! – – *(Sie thut als ob sie ohnmächtig werde.)*

Macduff. Habt auf die Lady acht – –

Malcolm. Warum schweigen wir, wir, die dieses Trauerspiel am nächsten angeht?

Donalbain. Was läßt sich hier sagen, wo unser Verderben, in einem Bohrer-Loch verborgen, alle Augenblike hervorstürmen und uns fassen kan. Hinweg von hier, es ist izt keine Zeit zu Thränen.

Banquo. Sorget für die Lady – – *(Sie wird hinweggeführt.)* Und wenn wir erst unsre nakte Gebrechlichkeit verborgen haben, dann laßt uns wieder zusammenkommen, und dieser gräßlichen Blutschuld genauer nachfragen. Furcht und Zweifel erschüttern uns. Hier in Gottes grosser Hand steh ich, und erkläre mich von da den unversöhnlichen Gegner des verhüllten Thäters dieser ungeheuern That.

Macbeth. Das thue ich auch.

Alle. Das thun wir alle.

Macbeth. Sobald wir angekleidet und bewafnet sind, wollen wir in der Halle zusammenkommen.

Alle. Wir sind's zufrieden.

(Sie gehen ab.)

Malcolm. Was habt ihr im Sinn? Ich halt' es nicht vor rathsam, uns ihnen anzuvertrauen. Einen Schmerz zu zeigen, den man nicht fühlt, ist eine Pflicht, die dem Unredlichen nicht schwer ankommt. Ich will nach England.

Donalbain. Ich, nach Irland. Getrennt werden wir beyde sichrer seyn; wo wir sind, seh ich lauter Dolche, unter freundlichem Lächeln verstekt, in jedem Antliz; je näher am Blut, je gefährlicher.

Malcolm. Dieser mördrische Wurfpfeil, der unsern Vater traf, wird noch immer geschwungen; und das sicherste ist, ihm auszuweichen. Also, zu Pferde; laß uns keine Zeit mit Abschiednehmen verliehren; es ist erlaubt sich selbst wegzustehlen, wo der kleinste Verzug den Tod bringen kan.

(Sie gehen ab.)

Sechste Scene

Ein Plaz vor Macbeths Schlosse.

Rosse, mit einem alten Mann, tritt auf.

Der alte Mann. Von Siebenzig Jahren her kan ich mich noch wohl besinnen, und in dieser langen Zeit hab ich fürchterliche Stunden gesehen, und seltsame Dinge: aber diese schrekliche Nacht hat alles was ich vormals gekannt habe, zu Kleinigkeiten gemacht.

Rosse. Ach, guter Vater, du siehst, die Himmel hangen dräuend über diesen blutigen Schauplaz herab; der Gloke nach ist's Tag, und doch dämpft finstre Nacht die wandernde Lampe; Macht es die Uebermacht der Nacht, oder die Schaam des Tages, daß dieses nächtliche Dunkel das Antliz der Erde begräbt, wann lebendes Licht es küssen sollte?

Alter Mann. Es ist unnatürlich, wie die That, die gethan ist. Lezten Dienstag ward ein Falke, der im Stolz seines Geschlechts thurmhoch daherschwebte, von einer mausenden Eule angefallen und getödtet.

Rosse. Und Duncans Pferde, (die Sache ist so gewiß als sie wunderbar ist!) diese schönen Thiere, die Zierde ihrer Gattung, wurden plözlich wild, brachen aus ihren Ställen, schossen wütend umher, und kämpften unbändig dem Gehorsam entgegen, als ob sie einen Krieg mit dem Menschen fuhren wollten.

Alter Mann. Man sagt, sie hätten einander ausgefressen.

Rosse. Das thaten sie; kaum traute ich meinen eignen Augen, aber ich sah es selbst.

Macduff zu den Vorigen.

Hier kommt der wakere Macduff. Wie geht die Welt, Sir?

Macduff. Wie, seht ihr's nicht?

Rosse. Weiß man, wer die That gethan hat?

Macduff. Sie, die Macbeth erschlug.

Rosse. Götter! was für einen Vortheil konnten sie davon erwarten?

Macduff. Sie waren bestochen; Malcolm und Donalbain, des Königs Söhne, sind heimlich entflohen, und haben sich dadurch der That verdächtig gemacht.

Rosse. Immer wider die Natur – – Unselige Herschsucht, daß du gegen den Ursprung deines eignen Lebens dich empören kanst! – – also wird vermuthlich die Crone auf Macbeth fallen.

Macduff. Er ist würklich ausgerufen, und zur Crönung nach Scone abgegangen.

Rosse. Wo ist Duncans Leiche?

Macduff. Nach Colmes-Hill gebracht, der geheiligten Gruft, wo die Gebeine seiner Väter ruhen.

Rosse. Geht ihr nach Scone?

Macduff. Nein, Vetter, ich will nach Fife.

Rosse. Gut, so will ich dahin.

Macduff. Wohl, ich wünsche, daß ihr die Sachen dort nach Wunsch antreffet; lebet wohl! Leicht können uns unsre alten Röke bequemer gesessen haben, als die neuen!

Rosse. Lebet wohl, Vater.

Alter Mann. Gottes Segen geh mit euch, und mit allen, die gern aus Bösem Gutes, und aus Feinden Freunde machten!

(Sie gehen ab.)

Dritter Aufzug

Erste Scene

Ein Zimmer im Palast.

Banquo tritt auf.

Banquo. So hast du's also? Glamis, Cawdor, König, alles was dir die Zauberinnen versprochen haben; ich fürchte sehr, du bist auf keine gute Art dazu gekommen; und doch wurde gesagt, es sollte nicht bey deinen Nachkommen bleiben, sondern ich selbst sollte die Wurzel und der Stammvater vieler Könige seyn. Wenn Wahrheit von ihnen kommen kan, (wie ihre Anrede an dich, Macbeth, zu beweisen scheint) warum können sie nicht eben so wohl meine Orakel seyn, und mich zu Hoffnung anfrischen? – – Doch stille! nichts mehr hievon.

Trompeten. Macbeth als König, Lady Macbeth, Lenox, Rosse, Lords und Hofdiener.

Macbeth. Hier ist unser vornehmster Gast.

Lady. Wenn er vergessen worden wäre, so hätte es wie eine gähnende Lüke in unserm Fest ausgesehen, und alles andre entstellt.

Macbeth. Wir haben auf die Nacht ein festliches Gastmal, Sir, und ersuchen euch um eure Gegenwart.

Banquo. Nach eurer Hoheit Befehl; an deren jeden meine Pflicht durch ein unauflößliches Band auf ewig geknüpft ist.

Macbeth. Ihr verreiset diesen Nachmittag?

Banquo. Ja, mein gnädigster Herr.

Macbeth. Wir wollten uns sonst euren guten Rath (der allezeit weise und glüklich war) in der heutigen Raths-Versammlung ausgebetten haben, doch es ist morgen früh genug dazu. Geht die Reise weit?

Banquo. So weit, daß ich die ganze Zeit zwischen izt und dem Nachtessen dazu gebrauchen werde. Wenn mein Pferd nicht das beste thut, so werd' ich noch eine oder zwoo dunkle Stunden von der Nacht entlehnen müssen.

Macbeth. Bleibet ja nicht von unserm Gastmal aus.

Banquo. Mein gebietender Herr, ich will nicht fehlen.

Macbeth. Wir hören, unsre blutigen Vettern haben sich nach England und Irland gemacht, läugnen ihren grausamen Vater-Mord, erfüllen ihre Hörer mit seltsamen Erfindungen – – Doch, hievon morgen, mit andern Angelegenheiten, die den Staat betreffen, und unsre vereinigte Aufmerksamkeit fodern. Geht ihr zu Pferde! Adieu, bis auf die Nacht. Geht Fleance mit euch?

Banquo. Ja, gnädigster Herr, wir können nicht länger verweilen – –

Macbeth. Ich wünsche euern Pferden schnelle und sichre Füsse, und hiemit empfehl' ich euch ihrem Rüken. Lebet wohl. *(Banquo geht ab.)* Laßt bis Abends um sieben Uhr, jedermann Meister von seiner Zeit seyn; das Vergnügen der Gesellschaft desto besser zu schmeken, wollen wir selbst bis zum Abendessen allein seyn; bis dahin, sey Gott mit euch!

(Lady Macbeth und Lords gehen ab.)

Zweyte Scene

Macbeth und ein Bedienter bleiben.

Macbeth. Camerad, ein Wort mit dir; sind diese Männer bey der Hand, die wir foderten?

Bedienter. Gnädigster Herr, sie warten bey der Schloß-Pforte.

Macbeth. Führe sie vor uns – – *(Der Bediente geht ab.)* Das zu seyn, ist noch nichts; aber es mit Sicherheit zu seyn – – Wir haben grosse Ursachen, diesen Banquo zu fürchten; es herrscht ein Etwas in seiner Königlichen Seele, das gefürchtet werden will. Sein Muth reicht weit, und zu dieser unerschroknen Stählung seines Gemüths, besizt er eine Klugheit, die seinen Muth regiert, und seinen Unternehmungen Sicherheit giebt. Er ist der einzige, dessen Daseyn ich fürchte. In seiner Gegenwart allein wird mein Genius gedämpft, wie man erzählt, daß Antons seiner es vor Cäsars war. Er redte die Schwestern trozig an, da sie zum erstenmal den Königs-Titel auf mich legten, und befahl ihnen, zu ihm zu reden; und dann grüßten sie ihn, prophetisch, den Vater einer Reyhe von Königen. Auf mein Haubt sezten sie eine unfruchtbare Crone, und gaben mir einen dürren Scepter in meine Hand, damit er von einer fremden Hand mir einst entwunden werde. Ist es so, so hab ich für Banquos Nachkömmlinge meine Seele beflekt, für sie den huldreichen Duncan ermordet; für sie auf ewig den Frieden meines Herzens verlohren, und mein unvergängliches Kleinod dem allgemeinen Feind der Menschen verkauft, um sie zu Königen zu machen – – die Nachkommen des Banquo zu Königen: Eh diß seyn soll, eh komme der Tod in die Schranken, und fordre mich zum Kampf aufs Leben heraus! – – Wer ist hier?

Der Bediente kommt mit zween Mördern zurük.

Geh vor die Thüre, und warte dort, bis wir ruffen. War es nicht gestern, als wir mit einander sprachen?

Mörder. Es war so, Gnädigster Herr.

Macbeth. Wohlan dann, habt ihr meinen Reden nachgedacht? Ihr wißt nun, daß er es war, der in vergangnen Zeiten das Glük euch so ungeneigt machte; ihr bildtet euch ein, daß es unser unschuldiges Selbst wäre; aber, es ist euch in unsrer lezten Unterredung bewiesen worden, wie man mit euch umgegangen ist; was für Kunstgriffe man gebraucht, wer die Werkzeuge dazu waren, wer sie in Bewegung sezte, kurz, solche Umstände, die einer halben Seele und dem schwächsten Begriff sagen mußten: das that Banquo.

1. **Mörder**. In der That, wir wurden überzeugt.

Macbeth. Nunmehr komm' ich auf den andern Punct. Findet ihr eine so übermäßige Geduld in eurer Natur, daß ihr das so gehen lassen könnt? Seyd ihr so gar fromm, daß ihr für diesen wakern Mann und seine Nachkommen beten könnt – – für den, der euch bis ans Grab niedergebeugt, und auf immer zu Bettlern gemacht hat?

1. Mörder. Wir sind Männer, mein Gnädigster Oberherr.

Macbeth. Ja, ja, in der allgemeinen Claßification geht ihr unter diesem Namen, so wie Windhunde, Wachtelhunde, Pudel, Möpse, Bullen-Beisser, Schäferhunde, alle unter dem allgemeinen Namen Hund begriffen werden; die besondere Bestimmung unterscheidet den schnellen, den langsamen, den schlauen, den Haushüter, den Jäger, einen jeden durch eine gewisse Gabe der gütigen Natur, die seiner Art eigen ist, und ihn aus der allgemeinen Gattung auszeichnet. So ist es auch mit den Menschen. Nun, wenn ihr dann Männer seyd, und in der Reyhe der verschiednen Arten an ächter Mannheit nicht die allerlezten, so sagt es, und ich will ein Geschäft in euern Busen legen, dessen Ausführung euch von einem Feinde befreyen und zugleich an unser eignes Herz anklammern wird; indem sein Tod allein uns eine vollkommne Zufriedenheit gewähren kan.

2. Mörder. Ich bin einer, den die Streiche und Mißhandlungen der Welt dermassen aufgebracht haben, daß ich bereit bin, ihr zu Troz alles zu unternehmen.

1. Mörder. Und ich ein andrer, der es so überdrüßig ist, sich, immer zu seinem Nachtheil, mit dem Glük herumzubalgen, daß ich alle Augenblike bereit bin, mein Leben auf das ungewisseste Spiel zu sezen, und es zu verbessern, oder seiner gar loß zu werden.

Macbeth. Ihr wisset beyde, daß Banquo euer Feind war – –

Mörder. Ja, Gnädigster Herr.

Macbeth. Er ist auch der meinige, und mit einem so blutigen Hasse, daß eine jede Minute, die sein Daseyn verlängert, das meinige in Gefahr sezt; und ob ich gleich Macht genug hätte, ihn öffentlich aus meinem Gesicht wegzutilgen, so mag ich's doch um gewisser Freunde willen nicht thun, die auch die seinigen sind, und deren Zuneigung ich nicht gerne verscherzte; die Klugheit fordert, daß ich den Fall desjenigen beweine, den ich selbst zu Boden geschlagen habe; und daher kommt es, daß ich euern Beystand nöthig habe, um die Sache, aus besondern wichtigen Ursachen, vor dem öffentlichen Auge zu verbergen.

2. Mörder. Gnädigster Herr, wir sind zu allem entschlossen, was ihr uns befehlen könnt.

1. Mörder. Wenn gleich unser Leben – –

Macbeth. Eure Geister scheinen durch euch hervor. Binnen einer Stund', aufs längste, will ich euch über Zeit, Ort und Augenblik den nähern Unterricht geben, denn es muß bey Nacht gethan werden, und in einiger Entfernung von dem Palast – – aber das muß noch genauer bestimmt werden – – und mit ihm soll, um reine Arbeit zu machen, auch Fleance, sein Sohn, der ihm Gesellschaft leistet, und dessen Hinwegräumung mir nicht weniger wichtig ist, als seines Vaters, das Schiksal dieser finstern Stunde theilen. Bedenket euch nun allein, ich will gleich wieder zu euch kommen.

Mörder. Wir sind schon entschlossen, Gnädigster Herr.

Macbeth. Gut, so will ich euch wieder ruffen lassen; geht indeß auf die Seite – – *(die Mörder gehen ab.)* Es ist beschlossen – – Banquo, wenn deine Seele dem Himmel zufliegen will, so muß sie ihn in dieser Nacht ausfindig machen.

Dritte Scene

Ein andres Zimmer im Palast.

Lady Macbeth und ein Bedienter.

Lady. Ist Banquo schon abgereist?

Bedienter. Ja, Gnädigste Frau, aber er kommt auf die Nacht wieder zurük.

Lady. Sage dem Könige, ich möchte, wenn's ihm gelegen ist, ein paar Worte mit ihm sprechen.

(Der Bediente geht.)

Alles ist verlohren, und nichts gewonnen, wenn wir das Ziel unsrer Wünsche nicht mit unsrer Zufriedenheit erkauft haben – –

Macbeth tritt auf.

Wie steht's, Milord? warum so viel allein? wozu soll es dienen, daß ihr die verdrieslichsten Einbildungen zu eurer Gesellschaft macht, und euch mit Gedanken unterhaltet, die mit denen, an welche sie denken, gestorben seyn sollten? An Dinge die nicht zu ändern sind, sollt' auch nicht gedacht werden; was gethan ist, ist gethan.

Macbeth. Wir haben die Schlange zerstükt, nicht getödtet – – Sie wird wieder zusammenwachsen, und sie selbst seyn; indeß daß unsre arme einfältige Boßheit der Gefahr ihrer vorigen Zähne ausgesezt bleibt. Aber ehe sollen beyde Welten aus ihren Angeln fallen, und alle Wesen unter ihrem Gewicht zertrümmern, eh wir unser Brod mit Zittern essen, und in der Beängstigung dieser schreklichen Träume schlafen wollen, die uns bey nächtlicher Weil' erschüttern. Besser bey dem Todten seyn, (den wir, diesen

Plaz zu erhalten, in seine Ruhe gesandt haben,) als auf dieser Folter des Gemüths in rastloser Pein zu ligen – – Duncan ligt in seinem Grabe; auf das unruhvolle Fieber des Lebens, schläft er wohl; Verrätherey hat ihr ärgstes gethan; nun kan weder Gift, noch Stahl, weder einheimische Boßheit, noch auswärtiger Anfall, nichts kan ihn mehr berühren.

Lady. Kommt, kommt, mein liebster Lord, heitert diese finstern Blike auf; seyd munter und Jovialisch, unter euern Gästen, auf die Nacht.

Macbeth. Das will ich, meine Liebe, und ich bitte, seyd es auch. Sonderheitlich habt eine immer geschäftige Achtung für Banquo; thut ihm mit Bliken und Worten, alle ersinnliche Ehre an; noch erheischt es die Zeit, daß wir unsre Würde vergessen, uns zu Schmeicheleyen herablassen, und unsre Gesichter zu lächelnden Masken unsrer Herzen machen.

Lady. Denkt nicht an das.

Macbeth. O, mein Gemüth ist mit Scorpionen angefüllt, theures Weib! du weißt, daß Banquo und sein Fleance leben!

Lady. Aber in beyden ist der Abdruk der Natur nicht unsterblich.

Macbeth. Das ist noch der Trost, daß sie zerstörbar sind; also, sey du gutes Muths. Eh noch die Fledermaus ihren einsiedlerischen Flug beginnen wird, eh auf der schwarzen Hecate Ruf, der Scherben-gebohrne Käfer, mit seinem schläfrigen Sumsen die gähnende Nacht einläutet, soll eine That von furchtbarem Inhalt gethan seyn.

Lady. Was soll dann geschehen?

Macbeth. Sey lieber unwissend, mein liebstes Hühnchen, bis du der vollbrachten That zujauchzen kanst. Komm, blendende Nacht, schliesse das zärtliche Auge des mitleidigen Tags, durchstreiche mit deiner blutigen und unsichtbaren Hand, und zerreiß in Stüken diesen grossen Schuldbrief, der mich so bleich aussehen macht. – – Die Nacht wird diker, und die Krähe fliegt dem dohlen-vollen Gehölze zu; alle guten Tag-Geschöpfe fangen an zu niken und einzuschlummern, indeß daß die schwarzen Hausgenossen der Nacht auf ihren Raub ausgehen. Du erstaunst über meine Reden; aber sey ruhig; Dinge, die einen bösen Anfang haben, können nur durch Uebelthaten fortgeführt werden. Begnüge dich hiemit, und folge mir.

(Sie gehen ab.)

Vierte Scene

Verwandelt sich in einen Parc; in einiger Entfernung von dem Schlosse.

Drey Mörder treten auf.

1. **Mörder**. Aber wer befahl dir, zu uns zu stossen?

3. **Mörder**. Macbeth.

2. **Mörder**. Wir haben keine Ursache, Mißtrauen in ihn zu sezen, da er dasjenige was wir zu thun haben, an den rechten Mann berichten wird.

1. **Mörder**. So stehe zu uns. Der Westen schimmert noch von einigen verlohrnen Stralen; der verspätete Wandrer verdoppelt izt die Schritte, um zeitig in die Herberge zu kommen, und der Gegenstand unsrer Wache nähert sich.

3. Mörder. Horcht, ich höre Pferde.

Banquo *(hinter der Scene.)*
Gebt uns Licht, hier, he!

2. Mörder. So ist ers: die andern, die erwartet wurden, sind alle schon bey Hofe.

1. Mörder. Seine Pferde machen einen Umweg.

3. Mörder. Schier um eine halbe Stunde: aber er und fast jedermann pflegt den Weg von hier bis zur Schloßpforte zu nehmen, weil er durch den Park angenehmer ist.

Banquo und Fleance treten auf, mit einer Fakel.

2. Mörder. Ein Licht, ein Licht.

3. Mörder. Er ist's.

1. Mörder. Macht euch fertig.

Banquo. Es giebt einen Regen auf die Nacht.

1. Mörder. Laß ihn nur fallen. *(Sie fallen über Banquo her.)*

Banquo. O, Verrätherey! Flieh, Fleance, flieh, flieh, flieh; du kanst mein Rächer seyn. O! Sclave.

(Banquo stirbt, Fleance entflieht.)

3. Mörder. Wer löschte das Licht aus?

3. Mörder. Es ist nur eins gethan, der Sohn ist entwischt.

2. Mörder. Wir haben die beßre Hälfte unsers Geschäfts verlohren.

1. Mörder. Gut, wir wollen gehn, und sagen, was gethan ist.

(ab.)

Fünfte Scene

Verwandelt sich in einen prächtigen Saal im Schlosse.

Eine aufgerüstete Tafel, mit Speisen. Macbeth, Lady Macbeth, Rosse, Lenox, Lords und Gefolge treten auf.

Macbeth. Ihr kennt euren Rang, Milords, sezt euch, alle, vom ersten zum lezten, herzlich willkommen!

Lords. Wir danken Eu. Majestät.

Macbeth. Wir wollen uns selbst bald hier bald da unter die Gesellschaft mischen, und den aufwartsamen Gastwirth machen; Unsre Wirthin scheint ihre Rolle zu vergessen, aber wir wollen sie bey Gelegenheit ersuchen, ihre Gäste willkommen zu heissen.

(Sie sezen sich.)

Lady. Thut Ihr's an meiner Statt, Sir, gegen alle unsre Freunde; mein Herz wenigstens heißt sie alle willkommen.

(Der erste Mörder kommt an die Thüre.)

Macbeth. Sieh, wie ihre dankbaren Herzen dir entgegen wallen! Beyde Seiten sind besezt; hier will ich mich in die Mitte sezen; seyd munter, wir wollen bald den Becher rund um die Tafel gehen lassen – – *(er erblikt den Mörder, geht gegen die Thüre zu, und sagt leise:)* Es ist Blut in deinem Gesicht – –

Mörder. So ist es Banquo's.

Macbeth. Ist er geliefert?

Mörder. Gnädigster Herr, ich erspart' ihm die Mühe, sich die Gurgel selbst abzuschneiden.

Macbeth. Du bist der Erste unter allen Gurgel-Abschneidern; und der nächste an dir ist, der dem Fleance das nehmliche that; Wenn du der wärst, so hast du deines gleichen nicht.

Mörder. Königlicher Herr, Fleance ist entronnen.

Macbeth. So kommt mein Fieber wieder; sonst wär' ich vollkommen gesund gewesen; ganz wie Marmor, gegründet wie ein Fels, unumschränkt und allgemein, wie die umgebende Luft: Nun bin ich eingeschlossen, angebunden, und meinen alten Zweifeln und Besorgnissen überliefert. Aber Banquo ist doch sicher?

Mörder. Ja, mein Gnädigster Herr: Denn er ligt in einem Graben, mit zwanzig tiefen Wunden in seinem Kopfe, wovon die kleinste tödtlich war.

Macbeth. Ich danke dir; hier liegt die erwachsne Schlange; der Wurm, der entflohen ist, hat die Fähigkeit, mit der Zeit Gift zu zeugen, aber keine Zähne für die dermalige. Geh du izt, morgen wollen wir's noch einmal hören.

(Der Mörder geht ab.)

Lady. Mein Königlicher Herr, ihr reguliert eure Freunde nicht wohl; wenn man bey einem Gastmal nur essen soll, so könnte man das zu Hause bequemer thun; ausser Hause sind Unterhaltung und gemeinschaftliche Frölichkeit das Gewürz, ohne welches die besten Schüsseln unschmakhaft sind.

(Banquo's Geist steigt empor, und sezt sich an den Plaz, den man für Macbeth leer gelassen.

Lenox. Gefällt es Eu. Hoheit, Plaz zu nehmen?

Macbeth. Hier hätten wir nun die Zierden unsers Vaterlandes beysammen, wenn die verdienstvolle Person unsers Freundes Banquo nicht mangelte; gebe der Himmel, daß seine Abwesenheit eher von einem Mangel an Gefälligkeit gegen uns, als von einem Unglük, das ihm zugestossen, herrühre!

Rosse. Seine Abwesenheit, Sire, macht sein Versprechen tadelhaft. Gefällt es Eu. Hoheit, uns mit Ihrer königlichen Gesellschaft zu beglüken?

Macbeth *(mit Entsezen, indem er den Geist erblikt, den sonst niemand sieht.)*
Die Tafel ist voll!

Lenox. Hier ist ein aufbehaltner Plaz, Sire.

Macbeth. Wo?

Lenox. Hier, mein Gnädigster Herr – – Was bewegt Eu. Hoheit so sehr?

Macbeth *(ausser sich.)*
Welcher von euch hat das gethan?

Lords. Was dann, Gnädigster Herr?

Macbeth *(zum Geist.)*
Du kanst nicht sagen, ich hab es gethan: schüttle deine blutigen Loken nicht so gegen mich!

Rosse. Meine Herren, wir wollen aufstehen; seine Hoheit ist nicht wohl.

Lady. Bleibet sizen, lieben Freunde, Milord ist oft so, und ist von Jugend an so gewesen. Ich bitte euch, behaltet eure Pläze. Der Anstoß daurt nur einen Augenblik, in einem Gedanken wird er wieder wohl seyn. Wenn ihr viel Aufmerksamkeit auf ihn habt, so macht ihr ihn böse und verlängert dadurch sein Uebel. Esset und gebt nicht acht auf ihn. – – *(Bey Seite zu Macbeth.)* Seyd ihr ein Mann?

Macbeth. Ja, und ein herzhafter dazu, weil ich den Muth habe etwas anzuschauen, das den Teufel erblassen machen könnte.

Lady *(bei Seite.)*
O vortrefliches Zeug! das ist wieder die Mahlerey eurer Furcht; das ist der in der Luft gezükte Dolch, der euch, sagtet ihr, zu Duncan leitete – – O! diese Einfälle und Erscheinungen würden sich besser in ein von der Großmutter geerbtes Weiber-Mährchen bey einem Winter-Feuer schiken – – Schämt euch! Was macht ihr für Gesichter? Wenn alles vorbey ist, so seht ihr weder mehr noch weniger als einen Stuhl.

Macbeth. Ich bitte dich, sieh hieher! Sieh! Schau! he! was sagt ihr? *(Er zeigt mit dem Finger auf den Geist.)* Wie? was frag ich darnach? wenn du niken kanst, so red' auch! – – Wenn Beinhäuser und Gräber diejenigen, die wir begraben, zurüksenden müssen: So sollen künftig die Magen der Geyer unsre Grabmäler seyn.

(Der Geist verschwindt.)

Lady *(immer bey Seite.)*
Wie? noch immer so unmännlich thöricht!

Macbeth. So wahr ich hier stehe, ich sah ihn – –

Lady. Fy, schämt euch!

Macbeth. Es ist von jeher Blut vergossen worden, schon in jenen alten Zeiten, eh noch menschliche Sazungen das gemeine Wesen säuberten; ja, und von dort an bis izt sind Mordthaten verübt worden, die zu entsezlich sind, um angehört zu werden. Es war immer so, daß wenn einem das Hirn heraus war, so starb der Mann und dann war's aus; aber izt steigen sie mit zwanzig tödlichen Wunden auf ihrem Kopfe wieder hervor, und vertreiben uns aus unsern Stühlen; das ist weit seltsamer als ein solcher Mord.

Lady *(laut.)*
Mein liebster Gemahl, eure Freunde vermissen euch.

Macbeth. Ich vergaß mich – – *(laut.)* Gebt nicht acht auf mich, meine würdigste Freunde, ich bin einer wunderlichen Schwachheit unterworfen, aber es ist nichts für diejenigen, die ihrer gewohnt sind – – Kommt, ich will erst auf eure Gesundheit trinken, und mich dann sezen: Gebt mir Wein, füllt den Becher voll – – ich trinke auf das Wohlseyn der ganzen Tafel und unsers theuren Freunds Banquo, den wir vermissen; ich wollt' er wäre hier! auf seine und aller Gesundheit!

Lords. Wir danken unterthänigst.

(Der Geist steigt wieder empor.)

Macbeth. Hinweg, aus meinem Gesicht! Laß die Erde dich verhüllen! Deine Beine sind marklos, dein Blut ist kalt, du hast keine Seh-Kraft in diesen Augen, mit denen du mich so drohend anstarrest.

Lady. Haltet das, meine edlen Lords, für nichts als eine gewöhnliche Sache; es ist nicht anders; das einzige ist, daß es das Vergnügen unterbricht, das wir gehabt hätten.

Macbeth. Was ein Mann darf, darf ich auch – – Komm du in der Gestalt eines Russischen Bären auf mich zu, eines gewafneten Nashorns, oder eines Hyrkanischen Tygers; komm in einer jeden andern Gestalt, als dieser, und meine starken Nerven sollen nie erzittern: Oder lebe wieder auf, und fordre mich in eine Wüste auf den Degen aus; wenn ich's zitternd abschlage, dann nenne mich die Puppe eines Mädchens. Hinweg, schreklicher Schatten! Unwesentliches Schrek-Bild, weg! – *(Der Geist verschwindet.)* Wie, so – – sobald du fort bist, bin ich wieder ein Mann: *(Die Lords stehen auf.)* Ich bitte euch, bleibt sizen.

Lady. Ihr habt durch diese ungewohnten fieberhaften Anstösse unsre gute Gesellschaft aus der Fassung gebracht, und die Frölichkeit verbannt. Kan man denn solche Dinge nicht wie eine Sommer-Wolke vorbey gehen lassen, ohne so ausser sich selbst zu kommen?

Macbeth. Ihr sezt mich in ein noch grössres Erstaunen, als worinn ich vor war, wenn ich denke, daß ihr solche Erscheinungen anschauen, und die natürliche Rubin-Farbe eurer Wangen behalten könnt, wenn die meinigen vor Entsezen weiß werden!

Rosse. Was für Erscheinungen, Gnädigster Herr?

Lady. Ich bitte euch, redet nicht; er wird immer schlimmer und schlimmer; Fragen machen ihn vollends rasend: Gute Nacht, allen auf einmal. Wartet nicht auf Befehl zum Aufstehen, sondern geht alle zugleich.

Lenox. Wir wünschen Sr. Majestät gute Nacht, und bessere Gesundheit.

Lady. Gute Nacht, allerseits.

(Die Lords gehen ab.)

Macbeth. Es will Blut haben, sagen sie; Blut will Blut haben; ich weiß Exempel, daß Steine sich gerührt, und Bäume geredt haben.

Wahrsager, welche die geheimen Verhältnisse der Dinge kennen, haben schon durch Krähen und Dolen den verborgensten Mörder ans Licht gebracht – – Wie weit ist die Nacht schon?

Lady. So weit, daß sie bereits mit dem Morgen streitet, wer von ihnen Nacht, und wer Morgen sey.

Macbeth. Was sagst du dazu, daß Macduff sich weigert, auf unsern Befehl zu erscheinen?

Lady. Schiktet ihr nach ihm?

Macbeth. Ich hör es vor der Hand; aber ich will nach ihm schiken; es ist kein Than unter ihnen allen, in dessen Hause ich nicht einen Bedienten in meinem Solde habe. Morgen früh will ich zu den Zauber-Schwestern; sie müssen mir mehr sagen; dann nun bin ich schon gezwungen, zu meinem Besten, durch die schlimmsten Mittel, das Aergste zu wissen. Ich bin so tief in Blut hineingestiegen, daß wenn ich izt nicht weiter fortwatten wollte, das Zurükgehen so gefährlich wäre als jenes; ich habe wunderbare Dinge im Kopf, die meine Hand fordern, und ausgeführt werden müssen, eh sie nur vermuthet werden können.

Lady. Es mangelt euch an dem, was alle Wesen nöthig haben, an Schlaf.

Macbeth. Komm, wir wollen auch schlafen gehen; mein Fehler ist nur die Furcht eines Neulings, der durch Uebung noch nicht abgehärtet ist: wir sind in solchen Thaten noch Kinder.

(Sie gehen ab.)

Sechste Scene

Verwandelt sich in die Heide.

Donner und Bliz. Die drey Hexen treten auf, und begegnen der Hecate.

Hecate beschilt die drey Schwestern, daß sie sich eigenmächtig unterfangen, den Macbeth durch räthselhafte Vorhersagungen zu verführen, ohne sie, als ihre Vorsteherin, daran Antheil nehmen zu lassen. Sie bestellt sie hierauf auf Morgen an den Acherontischen Brunnen, und befiehlt ihnen, alle ihre Gefässe und Zauber-Materialien bereit zu halten; sie selbst, sagt sie, sey im Begriff gewisse Dünste aus dem Mond zu hohlen, durch deren magische Zubereitung sie gesonnen sey, so künstliche Phantomen vor Macbeths Augen zu bringen, daß er, zu seinem Verderben von ihnen betrogen, in tollkühner Sicherheit, sich über alle Zufälle des Glücks und den Tod selbst hinweggesezt glauben werde. Hierauf hört man eine Musik und einen Gesang. Hecate sagt, daß ihr kleiner Spiritus familiaris sie abruffe, und die Zauberinnen fliegen allerseits davon.

Siebende Scene

Verwandelt sich in ein Zimmer.

Lenox und ein andrer Lord.

Lenox. Was ich sagte, war nur, euch auf die Spur zu bringen; ihr könnt nun selbst weiter gehen – – ich sage nur, die Sachen sind wunderlich gegangen. Der huldreiche Duncan wurde von Macbeth betraurt – – das denk' ich wohl, er war ja todt – – und der tapfre rechtschaffne Banquo reisete zu spät in der Nacht. Ihr könnt, wenn es euch so beliebt, auch sagen, Fleance hab' ihn umgebracht, denn Fleance nahm ja die Flucht: Man sollte eben nicht so spät in der Nacht reisen. Wo ist der Mensch, dem jemals der Gedank eingefallen wäre, daß Malcolm und Donalbain solche Ungeheuer seyn sollten, ihren so gütigen Vater zu ermorden? Eine verdammte That! Wie schmerzte sie nicht den ehrlichen Macbeth! Tödtete er nicht augenbliklich in frommer Wuth die beyden Thäter, die vom Wein und Schlaf überwältiget, zu Boden lagen? War das nicht edel von ihm gehandelt? Gewiß; und weislich dazu, denn wer hätte ohne Verdruß anhören können, wenn die Buben es geleugnet hätten? So daß er also, wie ich sagte, in der ganzen Sache sich sehr fein betragen hat; und ich zweifle nicht, hätte er Duncans Söhne unter seinem Schlüssel, (wie er sie, wenn uns der Himmel gnädig ist, nicht haben soll) sie sollten finden, was es auf sich hat, einen Vater zu ermorden; und so auch Fleance. Doch Stille! denn um etlicher freymüthiger Worte willen, und weil er bey des Tyrannen Gastmal nicht erschienen ist, fiel, wie ich höre, Macduff in Ungnade. Könnt ihr mir sagen, Sir, wo er sich dermalen aufhält?

Lord. Duncans Sohn, dessen angebohrnes Recht der Tyrann vorenthält, lebt am Englischen Hof, und empfängt von dem frommen Eduard so viele Freundschaft und Ehren-Bezeugungen, daß die Mißgunst des Glüks ihm nichts von seinem hohen Ansehen entwendet zu haben scheint. Dahin ist nun auch Macduff abgegangen, um den König zu bitten, daß er Northumberland und den tapfern Siward zu seinem Beystand weken möchte, damit wir, nächst dem, der über uns seinen allmächtigen Beyfall dazu geben wird, mit ihrer Hülfe unsern Tischen wieder Speise, und unsern Nächten Schlaf geben, mördrische Dolche von unsern Festen und Gastmählern entfernen, einem rechtmäßigen Herrn dienen, und ehrenvolle Belohnungen empfangen mögen. Die Nachricht von allem diesem hat den Tyrannen so erbittert, daß er schleunige Kriegs-Zurüstungen macht.

Lenox. Schikte er nach Macduff?

Lord. Ja, und mit einem unbedingten „Sir, ich nicht“, dreht mir der mißvergnügte Abgeschikte seinen Rüken und murmelt, als wollt' er sagen: ihr werdet euch die Stunde reuen lassen, da ihr mich mit dieser Antwort beladen zurükschiktet.

Lenox. Er mag sich das zu einer Erinnerung dienen lassen, sich so weit zu entfernen, als er immer kan. Irgend ein heiliger Engel fliege nach Englands Hof, und entfalte sein Anbringen eh er kommt; damit schleunige Rettung diesem unserm leidenden Vaterland zu Hülf eile, dem eine verfluchte Hand Verderben droht.

Lord. Ich will ihm mein Gebet nachsenden.

(Sie gehen ab.)

Vierter Aufzug

Erste Scene

Eine finstre Höle; in deren Mitte ein grosser Kessel über einem Feuer steht.

Donner und Blize. Die drey Hexen treten auf, und ermuntern sich zu ihrem Vorhaben; alsdann gehen sie unter einem seltsamen Zauber-Spruch rund um den Kessel herum, und werfen die mancherley Ingredienzien zu ihrer Bezauberung, (z. ex. Frosch-Zehen, Otter-Zungen, Eidexen-Beine, Fledermaus-Haar, Wolfs-Zahn, Schierlings-Wurzeln, Ziegen-Galle, die Leber von einem Juden, die Nase von einem Türken, und die Lippe von einem Tartar u.s.w.) in den Kessel; nachdem alles genug gekocht hat, wird das Decoctum mit eines Säuglings Blut abgekühlt, und das Zauberwerk ist fertig. Hierauf erscheint Hecate mit drey andern Hexen, giebt ihren Beyfall zu dem was gemacht worden, und befiehlt ihnen, einen Tanz und Gesang um den Kessel anzufangen; dieses geschieht mit Musik, und hierauf erscheint in der

Zweyten Scene

Macbeth.

Macbeth. Wie geht's, ihr geheimnißreichen, schwarzen, mitternächtlichen Unholden? Was macht ihr da?

Alle. Ein Werk ohne Namen.

Macbeth. Ich beschwöre euch bey dem, den ihr verehrt, antwortet mir, durch was für Mittel ihr auch dazu gelangen möget; müßtet ihr gleich die Winde entfesseln, und sie gegen Kirchen kämpfen lassen; müßten gleich die schäumenden Wellen im allgemeinen Sturm die ganze Schiffahrt verschlingen, Schlösser über die Häupter ihrer Hüter einstürzen, und Paläste und Pyramiden ihren Gipfel bis zu ihrem Grund niederbeugen; ja müßte die ganze Natur darüber zusammenfallen. Antwortet mir auf das, was ich euch frage.

1. Hexe. Rede!

2. Hexe. Frage!

3. Hexe. Wir wollen antworten.

1. Hexe. Sag, ob du die Antwort lieber aus unserm Mund, oder von unsern Meistern hören willt?

Macbeth. Ruft sie, ich will sie sehen.

1. Hexe. Nehmt Blut von einer Sau, die ihre neun Ferkel gefressen hat, und Fett, das vom Galgen eines Mörders getrieft, und werft es in die Flamme.

Alle. Komm, wer du auch seyst, und zeige dich und deine Schuldigkeit.

(Donner und Bliz.)

Eine Erscheinung von einem bewafneten Haupt steigt aus dem Boden empor.

Macbeth. Sage mir, du unbekannte Macht – –

1. Hexe. Er weiß schon deine Gedanken; höre was er sagt, aber du rede nichts.

Erscheinung. Macbeth! Macbeth! Macbeth! Hüte dich vor Macduff ! Hüte dich vor dem Than von Fife! – – Entlaßt mich – – Genug!

(Die Erscheinung steigt wieder herab.)

Macbeth. Wer du auch seyn magst, ich danke dir für deine Warnung. Du hast meiner ungewissen Furcht eine Richtung gegeben. Aber nur noch ein Wort – –

1. Hexe. Er läßt sich nicht befehlen; hier ist ein andrer mächtigerer, als der erste.

(Donner.)

Eine Erscheinung von einem blutigen Kinde steigt empor.

Erscheinung. Macbeth, Macbeth! Macbeth!

Macbeth. Hätt' ich drey Ohren, ich wollte dir aufhorchen.

Erscheinung. Sey blutig, kühn und entschlossen; verlache was ein Mensch gegen dich vermag: denn von niemand, der von einem Weibe geboren ward, soll Macbeth jemals Harm empfangen.

(Die Erscheinung steigt herab.)

Macbeth. So lebe, Macduff! Was hab' ich nöthig, dich zu fürchten? Und doch will ich die Sicherheit doppelt sicher machen, und ein Pfand vom Schiksal nehmen; du sollt nicht leben, damit ich der bleichsüchtigen Furcht sagen könne, sie lüge, und mitten im Donnerwetter schlafe.

(Donner.)

Eine Erscheinung von einem gekrönten Kinde, mit einem Baum in der Hand, steigt empor.

Was ist diß, das gleich dem Abkömling eines Königs emporsteigt, und um seine kindliche Stirne den Cirkel der Majestät trägt?

Alle. Horch, aber rede nicht!

Erscheinung. Sey muthig wie ein Löwe, stolz und unbekümmert, wer murre, wer sich auflehne, wer sich gegen dich verschwöre. Macbeth soll niemals bezwungen werden, bis der grosse Birnam-Wald auf Dunsinans Hügel gegen ihn angezogen kommen wird.

(Steigt herab.)

Macbeth. Das wird niemals geschehen. Wer kan den Bäumen von Birnam befehlen, daß sie ihre tiefen Wurzeln entfesseln? Angenehmes Orakel! Gut! Wenn die Empörung ihr Haupt nicht erheben soll, bis der Wald von Birnam von seinem Plaz aufsteht, so wird unser Macbeth die Dauer der Natur ausleben – – und doch pocht mein Herz noch, ein einziges Ding zu wissen; sagt mir, (wenn eure Wissenschaft so weit reicht) wird Banquos Nachkommenschaft jemals in diesem Reiche herrschen?

Alle. Verlange nicht mehr zu wissen.

(Der Kessel sinkt in den Grund.)

Macbeth. Ich will befriedigt seyn. Versagt ihr mir's, so fall' ein ewiger Fluch auf euch! Laßt michs wissen. Warum sinkt der Kessel? und was für ein Getön ist das?

(Man hört einen Marsch von Hautbois.)

1. **Hexe**. Erscheint!

2. **Hexe**. Erscheint!

3. **Hexe**. Erscheint!

Alle. Erscheint vor ihm, und härmt sein Herz!
Kommt wie Schatten, und verschwindet wieder.

Acht Könige, von Banquo geführt, erscheinen einer nach dem andern, und gehen langsam bey Macbeth vorbey; der lezte hält einen Spiegel in der Hand.

Macbeth *(während daß sie vorbeygehen.)*
Du gleichst zu sehr dem Geist des Banquo; hinab! – – deine Crone verwundet meine Augäpfel – – Du gleichst dem ersten – – und du dem vorigen – – Ihr garstigen Unholden, wofür zeigt ihr mir das? ein Vierter! – – Erstarre, mein Auge! Wie? wird sich dieser verdammte Zug bis an den jüngsten Tag erstreken? Noch einer? – – Ein Siebenter! Ich will nicht mehr sehen – – aber da kommt noch der Achte, und trägt einen Spiegel, worinn er mir noch viele andre zeigt; ja ich sehe einige, welche doppelte Reichs-Aepfel und dreyfache Scepter tragen. Abscheuliches Gesichte! Nein, nun, seh ich, ist's wahr; denn der wundenvolle Banquo lächelt auf mich, und deutet mit der Hand auf diese hier – wie, ist es so?

1. Hexe. Ja, Sir, alles ist so. Aber warum steht Macbeth so erstaunt da? Kommt, Schwestern, laßt uns, seine Geister aufzumuntern, ihm die beste unsrer Lustbarkeiten zeigen; ich will die Luft bezaubern, Musik zu unserm grotesken Rundtanz zu machen, damit dieser grosse König sagen könne, daß wir ihm Ehre angethan haben.

(Musik. Die Hexen machen einen Tanz und verschwinden.)

Macbeth. Wo sind sie? Weg? – – Laß diese verderbliche Stunde auf ewig verflucht im Calender stehen! – – Komm herein, du draussen!

Lenox kommt herein.

Lenox. Was befiehlt Eu. Hoheit?

Macbeth. Saht ihr die Zauber-Schwestern?

Lenox. Nein, gnädigster Herr.

Macbeth. Kamen sie nicht bey euch vorbey?

Lenox. Nein, in der That, nicht, Sire.

Macbeth. Verpestet sey die Luft, durch die sie reiten! und verdammt alle die ihnen trauen! – – Ich hörte das Stampfen von Pferden im Gallop. Wer kam vorbey?

Lenox. Es waren zween oder drey, Gnädigster Herr, die euch Nachricht bringen, daß Macduff nach England geflohen ist.

Macbeth. Nach England geflohen?

Lenox. Ja, gnädigster Herr.

Macbeth. Zeit, du entziehst meinem furchtbaren Vorsaz sein Opfer – – die Ausführung sollt' allemal an den Fersen der Entschliessung gehen. Von diesem Augenblik an soll jeder Erstling meines Herzens unmittelbar in meine Hand übergehen. Und eben izt, meine Gedanken mit Handlungen zu krönen, sey es gedacht und gethan! Ich will Macduffs Schloß überfallen, Fife im Sturm wegnehmen, und sein Weib, seine Kinder und alle die unglüklichen Seelen, die zu seinem Stamme gehören, der Schneide des Schwerts Preiß geben. Das soll keine Pralerey eines Narren seyn; die That soll gethan seyn, eh der Entschluß noch erkaltet ist – – Aber keine Gesichter mehr! – – Wer sind diese Männer? Komm, begleite mich zu ihnen.

(Sie gehen ab.)

Dritte Scene

Verwandelt sich in Macduffs Schloß zu Fife.

Lady Macduff, ihr kleiner Sohn, und Rosse treten auf.

Lady Macduff. Was hat er denn gethan, daß er flüchtig werden mußte?

Rosse. Ihr müßt Geduld haben, Madam.

Lady. Er hat keine; seine Flucht war Raserey; wenn es unsre Handlungen nicht thun, so machen uns unsre Besorgnisse zu Verräthern.

Rosse. Ihr wißt nicht, ob es seine Klugheit oder seine Furcht war – –

Lady. Klugheit? Sein Weib, seine Kinder, seinen Siz, seine Titel an einem Ort vor sicher halten, von dem er selbst entflieht? Er liebt uns nicht, er hat das natürliche Gefühl nicht; der arme Zaunkönig sogar, der allerkleinste unter den Vögeln, hat Muth, wenn seine Jungen im Nest sind, gegen die Eule zu kämpfen: Seine Furcht ist alles, seine Liebe nichts; und wie groß ist nun da die Klugheit, wo die Flucht aller Vernunft und Pflicht so zuvorrennt?

Rosse. Meine theureste Base, ich bitte euch, mäßiget euch; euer Gemahl ist edel, ist weise, ist bedächtlich, und weiß am besten, was die Zeit erfordert. Ich darf mehr nicht sagen, aber grausam sind die Zeiten, wo wir Verräther sind, und uns selbst nicht kennen: wo wir uns von unsrer Furcht regieren lassen, und doch nicht wissen was wir fürchten; sondern auf einer wilden und stürmischen See hin und her getrieben irren. Ich beurlaube mich von euch; aber ich will in kurzem wieder da seyn; Wenn die

Sachen am schlimsten sind, müssen sie gar aufhören oder wieder gut werden. Lebet wohl mein liebenswürdiger Vetter.

Lady Macduff. Er hat einen Vater, und ist doch vaterloß.

Rosse. Ich bin so sehr ein Thor, daß wenn ich mich länger aufhielte, meine Schwachheit mich selbst beschämen, und euch nur trostloser machen würde. Ich muß mich auf einmal losreissen.

(Rosse geht ab.)

Lady. Armer Junge, dein Vater ist todt? Was willt du nun anfangen? Wie willt du leben?

Sohn. Wie die Vögel, Mutter.

Lady. Wie, von Würmern und Fliegen?

Sohn. Von was ich kriegen kan, meyn' ich; sie machen's auch so.

Lady. Armes Vögelchen! du würdest weder Nez noch Leimruthe, weder Fallen noch Strike fürchten.

Sohn. Warum sollt' ich, Mutter? Die armen Vögelchen! wie wollten sie das machen? Aber, mein Vater ist nicht todt, wenn ihr's schon sagt.

Lady. Ey ja, er ist todt; wo willt du nun einen Vater hernehmen?

Sohn. Aber wo wollt ihr einen Mann hernehmen?

Lady. Wie! ich kan ihrer zwanzig auf dem nächsten Markt kauffen.

Sohn. So kauft ihr sie nur, um sie wieder zu verkauffen?

Lady. Du redst so gescheidt als du kanst, und doch in der That gescheidt genug für dich.

Sohn. War mein Vater ein Verräther, Mutter?

Lady. Ja, das war er.

Sohn. Was ist ein Verräther?

Lady. Wie, einer der schwört und lügt.

Sohn. Und die sind alle Verräther, die das thun?

Lady. Ein jeder, der das thut, ist ein Verräther und muß gehangen werden.

Sohn. Und müssen die alle gehangen werden, die schwören und lügen?

Lady. Ein jeder.

Sohn. Wer muß sie hängen lassen?

Lady. Wer? die ehrlichen Leute.

Sohn. So sind die Lügner und Schwörer nur Narren; denn es sind ihrer so viele, daß sie stark genug wären, die ehrlichen Leute zu schlagen und hängen zu lassen.

Lady. Gott helfe dir, du armer Junge! Aber was willt du um deinen Vater thun?

Sohn. Wenn er todt wäre, so würdet ihr um ihn weinen; und wenn ihr nicht um ihn weinen würdet, so wäre es ein gutes Zeichen, daß ich bald wieder einen andern Vater bekäme.

Lady. Kleines Plaudermaul! wie du redst!

Ein Fremder zu den Vorigen.

Fremder. Heil euch, schöne Dame! Ihr kennt mich nicht, aber euer hoher Stand macht euch vielen bekannt, die es euch nicht sind. Ich besorge, daß irgend eine Gefahr über euerm Haupte schwebe. Wenn ihr die Warnung eines gemeinen Manns annehmen wollt, so laßt euch hier nicht antreffen; fliehet unverzüglich mit euern Kindern. Ich bin vielleicht unhöflich, daß ich euch so erschreke; aber es würde unmenschlich seyn, wenn ich es nicht thäte, da ihr keinen Augenblik zu verliehren habt, der Himmel bewahre euch! Ich darf mich nicht länger aufhalten.

(Er geht ab.)

Lady Macduff. Wohin sollt' ich fliehen? Ich habe ja nichts böses gethan. Aber nun besinn' ich mich; ich bin in einer Welt, wo böses thun oft löblich ist, Gutes thun, für eine gefährliche Thorheit gehalten wird. Was ist nun zu thun? Soll ich auf meine Unschuld mich beruffen, und mich hinter diesem weiblichen Schilde sicher glauben? – – Was für Gesichter sind diese?

(Die Mörder treten auf.)

Mörder. Wo ist euer Mann?

Lady Macduff. Ich hoffe, an keinem so schändlichen Orte, daß ihn deines gleichen finden sollen.

Mörder. Er ist ein Verräther.

Sohn. Du lügst, du zottelköpfiger Spizbube!

Mörder. Was sagst du, ey du junge Brut von Verrätherey – –

(Er ermordet ihn.)

Sohn. Er hat mich umgebracht, Mutter; flieht, flieht, ich bitte euch.

(Lady Macduff entflieht mit Geschrey um Hülfe; die Mörder verfolgen sie.)

Vierte Scene

Verwandelt sich in den Palast des Königs von England.

Malcolm und Macduff treten auf.

Malcolm. Laß uns irgend einen einöden Schatten suchen, und dort unsre kummervollen Herzen leer weinen.

Macduff. Laß uns lieber das tödliche Schwert fest halten, und wie wakre Männer unser zu Boden gestürztes Leben schirmen; jeden neuen Morgen heulen neue Wittwen, schreyen neue Waysen, schlagen neue Klagen an den Himmel an, der wie aus Mitleid abgebrochne Töne des Schmerzens wiederhallt.

Malcolm. Was ich glaube, will ich beweinen; was ich weiß, will ich glauben; und was ich ändern kan, sobald ich die Zeit zum Freund habe, das will ich. Was ihr vorhin sagtet, mag sich vielleicht so verhalten. Dieser Tyrann, dessen blosser Name unsre Zungen lähmt, wurde einst für ehrlich gehalten; ihr liebtet ihn, und noch hat er euch nicht beleidigt. Ich bin zwar jung; aber doch könntet ihr euch durch mich ein Verdienst um ihn machen, es ist Klugheit, ein schwaches, armes, unschuldiges Lamm aufzuopfern, um einen erzürnten Gott zu besänftigen.

Macduff. Ich bin kein Verräther.

Malcolm. Aber Macbeth ists. Macht und Würden können einen tugendhaften Character verfälschen. Ich bitte euch um Vergebung; meine Gedanken können euch zu nichts anders machen als ihr seyd; Engel glänzen immer fort, ob schon die glänzendsten fielen: wenn gleich alle bösen Dinge die Gestalt des Guten annähmen, so muß doch das Gute immer diese Gestalt behalten.

Macduff. Ich habe meine Hoffnungen verlohren.

Malcolm. Vielleicht eben da, wo ich meine Zweifel fand. Wie? ihr solltet in so gefährlichen Umständen euer Weib und eure Kinder, die kostbaren Pfänder der Liebe verlassen, ohne auch nur Abschied zu nehmen? – – Ich bitte euch, treibet mich nicht weiter; meine Besorgnisse sollen euch nicht beleidigen, sondern nur meine Sicherheit seyn: ihr könnt ein sehr rechtschaffner Mann seyn, ich mag denken was ich will.

Macduff. So blute dann, blute, mein armes Vaterland! und du, eingethronte Tyranney, seze dich feste, denn Redlichkeit darf dich nicht erschüttern – – Dulde du deine Kränkungen, sein Titel ist bestätiget. Gehabe dich wohl, Lord. Um allen den Raum, den der Tyrann in seinen Klauen hält, und den reichen Ost dazu, wollt ich der Elende nicht seyn, für den du mich ansiehst.

Malcolm. Werdet nicht unwillig; was ich sage, kommt nicht eigentlich von einem Mißtrauen her, so ich in euch seze. Ich denke unser Vaterland sinkt unters Joch, es weint, es blutet, und jeder neue Tag ist eine neue Wunde zu seinen vorigen. Ich zweifle nicht, es würden Hände für mein Recht aufgehoben werden; und hier bietet mir Englands mitleidige Freundschaft etliche Tausende an. Aber gesezt auch, ich träte endlich auf des Tyrannen Haupt, oder trüg' es an der Spize meines Schwerdts, so wird mein armes Vaterland nichts dabey gewinnen; es wird nur noch mehr Gebrechen haben, als zuvor, und von seinem Nachfolger noch mehr und auf eine mannichfaltigere Art leiden als jemals.

Macduff. Und wer sollte der seyn?

Malcolm. Mich selbst meyn ich, mich, in welchen alle besondre Laster so eingepfropft sind, daß wenn sie sich aufthun und ausbreiten werden, der schwarze Macbeth schneeweiß scheinen, und der arme Staat ihn, mit meiner grenzenlosen Bosheit verglichen, für ein mildes Lamm ansehen wird.

Macduff. Aus allen Legionen des flammenden Abgrunds kan kein verruchterer Teufel als Macbeth hervorkommen.

Malcolm. Ich gesteh' es, er ist blutgierig, schwelgerisch, geizig, falsch, tükisch, launisch, boßhaft, und stinkt nach jeder Sünde, die einen Namen hat. Aber in meiner Ruchlosigkeit ist kein Boden, nein, keiner; eure Weiber, eure Töchter, eure Mütter und eure noch unzeitigen Mädchen reichten nicht zu, die Cisterne meiner Lust aufzufüllen; und es sind keine Schranken, keine Hindernisse zu ersinnen, die meine unbändige Begierde nicht überspringen würde. Besser, Macbeth herrsche als ein Solcher.

Macduff. Grenzenlose Ueppigkeit ist eine Art von Tyranney; und hat schon manchen Thron vor der Zeit leer gemacht, ist schon der Sturz mancher Könige gewesen. Aber fürchtet euch deßwegen nicht zu übernehmen, was euer ist; ihr könnt euren Ergözungen ein weites Ziel steken, ohne sie dem allgemeinen Auge auszusezen. Wir haben willige Damen genug; es kan kein solcher Geyer in euch seyn, dessen Gefräßigkeit zu ersättigen, nicht alle diejenigen zureichen sollten, die sich der Majestät freywillig widmen werden, sobald sie diese Neigung an ihr bemerkt haben.

Malcolm. Ueberdas, wächst unter meinen andern unordentlichen Neigungen, ein so unersättlicher Geiz, daß wenn ich König wäre, ich meine Edeln aus dem Wege räumen würde, um ihre Güter an mich zu reissen; bey diesem würden mich seine kostbaren Mobilien reizen, bey jenem sein Haus; der Anwachs meines Eigenthums würde nur wie eine Brühe seyn, die mich immer hungriger machte; so daß ich an rechtschaffne Leute ungerechte

Händel suchen, und sie verderben würde, um ihre Reichthümer zu haben.

Macduff. Dieser Geiz schlägt tiefer ein, und breitet sich in verderblichere Wurzeln aus, als die Wollust, die mit dem Sommer des Lebens ihre Hize verliehrt; Er ist das Schwerdt gewesen, das unsre Könige erschlagen hat: aber fürchtet auch dieses nicht; Schottland hat Ueberfluß, eure Habsucht mit demjenigen anzufüllen, was euer rechtmäßiges Eigenthum seyn wird. Alles das ist noch erträglich, wenn es durch andre Tugenden vergütet wird.

Malcolm. Aber, die hab' ich nicht; von allen diesen königlichen Tugenden, Gerechtigkeit, Wahrheit, Mäßigung, Standhaftigkeit, Güte, Gnade, Demuth, Frömmigkeit, Geduld, Herzhaftigkeit, Tapferkeit, ist nicht ein Funke in mir; alle meine Neigungen, alle Triebfedern meines Willens sind eben so viele Laster, und ich übe jede auf alle mögliche Arten aus. Ja, hätt' ich das Vermögen dazu, ich würde die süsse Milch der Eintracht in die Hölle schütten, den allgemeinen Frieden aufstören, und die ganze Erde zu einem Schauplaz der Verwüstung machen.

Macduff. O Schottland, Schottland!

Malcolm. Wenn ein solcher zur Regierung tauglich ist, so redet; ich bin, wie ich gesagt habe.

Macduff. Zur Regierung tauglich? Nein, nicht des Lebens werth. O unglükselige Nation! Unter dem blutigen Scepter eines unrechtmäßigen Herrschers seufzend, wenn wirst du deine glüklichen Tage wiedersehen? da der rechtmäßige Erbe deines Throns den Bann der Ausschliessung über sich selbst ausspricht und seinen geheiligten Ursprung lästert. Dein königlicher Vater war der beste König; die Königin, die dich gebahr, öfter auf ihren

Knien als auf ihren Füssen, starb jeden Tag den sie lebte. O! Fahre du wohl! Diese Laster, deren du dich selbst anklagst, haben mich aus Schottland verbannt. O! Mein Herz! hier enden sich alle deine Hoffnungen!

Malcolm. Macduff, diese edle Leidenschaft, das Kind deiner Redlichkeit, hat die schwarzen Zweifel von meiner Seele gewischt, und meine Gedanken mit deiner Aufrichtigkeit und Ehre ausgesöhnt. Der teuflische Macbeth hat schon durch manche, die sich als meine Freunde verstellen mußten, mich in seine Gewalt zu bekommen gesucht: mißtrauische Klugheit war meine Sicherheit; aber Gott im Himmel sey Zeuge zwischen mir und dir, daß ich, in diesem Vertrauen, wozu du mich nunmehr gewonnen hast, mich gänzlich deiner Führung überlasse; und bey ihm schwör' ich, daß alle diese Laster und Schanden, deren ich mich selbst anklagte, ferne von mir sind. Ich habe noch kein Weib erkannt, noch nie mein Wort gebrochen, mich kaum desjenigen gelüsten lassen, was mein eigen ist, und wollt den Teufel selbst seinem Cameraden nicht verrathen; ich liebe die Wahrheit nicht weniger als mein Leben, und die erste Unwahrheit, die aus meinem Munde gegangen ist, war diese wieder mich selbst. Was ich in der That bin, steht dir und meinem armen Vaterlande zu diensten; wohin würklich, noch vor deiner Ankunft der alte Siward mit zehentausend tapfern Kriegs-Männern aufgebrochen ist. Wir wollen ihm folgen, und möge der Ausgang der Gerechtigkeit unsrer Sach' entsprechen! – – Warum schweiget ihr?

Macduff. So willkommne und so unwillkommne Dinge auf einmal sind schwehr zusammen zu reimen!

Fünfte Scene

Ein Arzt zu den Vorigen.

Malcolm. Gut, hernach mehr hievon! – – Geht der König aus, ich bitte euch?

Arzt. Ja, Milord; es ist ein Hauffen armer Leute hier, die auf seine heilende Hand warten; ihre Krankheit macht die äussersten Versuche der Kunst zu Schanden. Aber so bald er sie berührt, (eine solche Kraft hat der Himmel seiner geheiligten Hand eingegossen,) so werden sie auf der Stelle gesund.

(Er geht ab.)

Malcolm. Ich danke euch, Doctor.

Macduff. Von was für einer Krankheit redte er?

Malcolm. Man nennt es das Uebel; es ist eine höchst wunderthätige Eigenschaft an diesem König, wovon ich, seit meinem Aufenthalt in England, schon oft ein Augenzeuge war. Wie er diese Gabe vom Himmel erbeten, weiß er selbst am besten; gewiß ist, daß er Leute, die mit seltsamen Geschwulsten und Geschwüren heimgesucht sind, (ein erbärmlicher Anblik, und die Verzweiflung der Heil-Kunst!) durch seine Berührung heilt, indem er, unter heiligen Gebeten, ein goldnes Gepräge um ihren Hals hängt: und man sagt, er werde diesen heilenden Segen allen Königen seinen Nachfolgern lassen. Ausser dieser wundervollen Heil-Kraft hat er noch die Gabe der Prophezeyung, und verschiedne andre Segnungen hangen um seinen Thron, welche beweisen, daß er ein Günstling des Himmels ist.

Sechste Scene

Rosse zu den Vorigen.

Macduff. Seht, wer hier kommt!

Malcolm. Ein Landsmann; und doch kenn' ich ihn nicht.

Macduff. Mein werther Vetter, seyd willkommen.

Malcolm. Nun kenn ich ihn. Der Himmel entferne bald die Ursachen, die uns einander fremde machen!

Rosse. Dazu sag' ich Amen, Gnädigster Herr.

Macduff. Ist Schottland noch im alten Stand?

Rosse. Ach! Unser armes Vaterland, es erschrikt vor seinem eignen Anblik! Es kan nicht mehr unsre Mutter genennt werden, sondern unser Grab; ein Land, wo allgemeiner Jammer alle Angesichter verzehrt; wo man das unwissende Wiegen-Kind allein noch lächeln sieht; wo Seufzen, Aechzen und Schreyen die Luft erfüllen, ohne mehr bemerkt zu werden, und beym Getön der Todtengloke kaum noch gefragt wird, um wen? Wo rechtschaffne Leute schneller dahin sind, als die Blumen auf ihren Hüten, und sterben, eh sie krank geworden sind.

Macduff. O grausame, aber nur allzuwahrhafte Beschreibung!

Malcolm. Was ist die neueste Beschwerde?

Rosse. Jede Minute brütet eine neue aus.

Macduff. Wie steht's um mein Weib?

Rosse. Wie? wohl – –

Macduff. Und um alle meine Kinder?

Rosse. Auch wohl – –

Macduff. Hat der Tyrann ihre Ruhe nicht gestört?

Rosse. Nein, sie waren in guter Ruhe, wie ich sie verließ.

Macduff. Ich merk euch an, daß ihr mir etwas verbergen wollt: redet frey heraus, wie geht es?

Rosse. Wie ich abreisete, um die Zeitungen mit denen ich schwer beladen bin, hieherzutragen, gieng ein Gerüchte, daß verschiedne brave Leute aus dem Wege geräumt worden seyen; welches mir desto glaublicher war, weil ich die Völker des Tyrannen ausrüken sah. Nun ist die höchste Zeit zu helfen; euer blosser Anblik würde in Schottland Krieger erschaffen, und Weiber zum fechten aufmuntern, um dieses unerträglichen Jammers loß zu werden.

Malcolm. Laß es ihren Trost seyn, daß wir im Begriff sind, zu kommen: der huldreiche König von England hat uns den wakern Siward mit zehentausend Männern geliehen, den ältesten und besten Kriegs-Mann in der ganzen Christenheit.

Rosse. Wollte der Himmel, ich könnte diesen Trost mit einem andern erwiedern! Aber ich habe Dinge zu sagen, die ich lieber in eine einöde Wüste hineinheulen wollte – –

Macduff. Was betreffen sie? die allgemeine Sache? Oder ist es ein besonderer Schmerz, der irgend einer einzelnen Brust zugehört?

Rosse. Es ist kein redliches Gemüth, das nicht Theil daran nimmt, ob gleich das Ganze euch allein gehört.

Macduff. Wenn es mein ist, so enthaltet mir's nicht länger vor – redet!

Rosse. O! Laßt um dessentwillen, was ich sagen muß, den Ton meiner Stimm' euern Ohren nicht auf ewig verhaßt werden! Es ist das schmerzlichste, was ihr jemals gehört habt.

Macduff. Hem! ich errath es.

Rosse. Euer Schloß ist überrumpelt, euer Weib und eure Kinder unmenschlich niedergemezelt worden – – die Umstände zu erzählen, wäre euern Tod auf den ihrigen häuffen.

Malcolm. Barmherziger Himmel! – – Wie, Mann! drükt euern Hut nicht so auf eure Augbrauen – – Gebt euerm Schmerz Worte: ein stummer Schmerz preßt seine Klagen in das Herz zurük, und macht es brechen.

Macduff. Meine Kinder auch!

Rosse. Weib, Kinder, Hausgenossen, alles was er fand.

Macduff. Und mußt' ich abwesend seyn! Auch mein Weib um gebracht?

Rosse. Wie ich sagte.

Malcolm. Fasset euch; Raache soll die Arzney seyn, womit wir diesen tödlichen Schmerz heilen wollen.

Macduff. Er hat keine Kinder – – alle meine artigen Püpchen? Alle, sagtet ihr? wie, alle? O höllischer Geyer! alle? Wie, alle meine armen Hühnchen, und ihre Mutter, auf einen verfluchten Schluk?

Malcolm. Rächet euch wie ein Mann – –

Macduff. Das will ich: aber erst will ich fühlen wie ein Mann. Ich kan nicht gleich vergessen, daß ich sie hatte, daß sie das kostbarste waren was ich hatte – – Konnte der Himmel zusehen, und nahm sich ihrer nicht an? Sündenvoller Macduff! um deinetwillen wurden sie erschlagen! Ich unglükseliger! Nicht um ihrer Missethaten, um der meinigen willen wurden sie geschlachtet: der Himmel gebe ihnen nun Ruhe!

Malcolm. Laßt das euer Schwerdt wezen, laßt Schmerz sich in Wuth verwandeln: erleichtert euer Herz nicht, sezt es in Flammen.

Macduff. O ich könnte weinen und schreyen wie ein Weib! aber, du gütiger Himmel, schneide allen Aufschub ab! bring du, Stirne gegen Stirne, mich und diesen Schottischen Teufel zusammen; bring ihn nur so nah daß ihn mein Schwerdt erreichen kan, und wenn ich ihn entrinnen lasse, dann, o Himmel, dann vergieb ihm auch!

Malcolm. Dieser Ton geht männlich! Kommt, wir wollen zum Könige, unsre Völker sind marschfertig, wir haben nichts mehr nöthig als Abschied zu nehmen. Macbeth ist reif abgeschüttelt zu werden, und die Mächte über uns sezen ihre Werkzeuge an. Gehet, und erfrischet euch diese Nacht auf den morgenden Tag.

(Sie gehen ab.)

Fünfter Aufzug

Erste Scene

Ein Vorzimmer in Macbeths Schlosse.

Ein Arzt und eine Kammer-Frau treten auf.

Arzt. Ich habe nun zwoo Nächte mit euch gewacht, aber ich finde nichts daß eure Erzählung bestättiget. Wenn war es, da sie das leztemal gieng?

Kammer-Frau. Seitdem seine Majestät zu Felde gezogen ist, hab' ich sie gesehen, daß sie aus ihrem Bett aufstuhnd, ihren Schlafrok um sich warf, ihr Cabinet aufschloß, Papier herausnahm, es zusamenlegte, überschrieb, laß, hernach siegelte, und dann wieder zu Bette gieng; und das alles im tiefsten Schlafe.

Arzt. Das zeigt eine grosse Unordnung in der Natur an! zu gleicher Zeit die Wohlthat des Schlafs geniessen, und Geschäfte des Wachens thun! Ausser dem Herumgehn und andern würklichen Verrichtungen, hörtet ihr sie in dieser schlummernden Bewegung jemals etwas reden?

Kammer-Frau. Dieses, Sir, möcht' ich ihr nicht nachsagen.

Arzt. Gegen mich dürft ihr's wohl, und es ist sehr nöthig, daß ihr's thut.

Kammer-Frau. Weder gegen euch, noch eine andre lebende Seele, da ich keinen Zeugen habe, der meine Aussage bekräftigen könnte.

Lady Macbeth tritt mit einem Wachslicht auf.

Seht, seht! hier kommt sie; so pflegt sie zu gehen, und bey meinem Leben, in tiefem Schlaf; beobachtet sie nur, aber haltet euch ruhig.

Arzt. Wie kam sie zu dem Lichte?

Kammer-Frau. Es stuhnd neben ihrem Bette: sie hat immer Licht bey sich; es ist ihr Befehl.

Arzt. Ihr seht, sie hat die Augen offen.

Kammer-Frau. Ja, aber ihre Empfindung ist geschlossen.

Arzt. Was macht sie izt? Seht, wie sie ihre Hände wascht.

Kammer-Frau. Das bin ich schon gewohnt, sie ihre Hände so waschen zu sehen; ich habe schon gesehen, daß sie eine ganze Viertelstunde an einem fort nichts anders that.

Lady Macbeth.
Hier ist noch ein Fleken.

Arzt. Horcht, sie redt. Ich will alles aufschreiben, was sie sagt, damit ich nichts vergesse.

Lady Macbeth.
Weg, du verdammter Fleken; weg, sag ich – – Eins, – – zwey; wohlan dann, so ist es hohe Zeit – – Die Hölle ist dunkel. Fy, Milord, fy! ein Soldat und erschroken? Was brauchen wir uns zu fürchten, daß es auskomme, da niemand mächtig genug ist, uns zur Rechenschaft zu ziehen? – – aber, wer hätte gedacht, daß der alte Mann so viel Blut in ihm hätte?

Arzt. Hört ihr das?

Lady Macbeth.
Der Than von Fife hatte eine Frau; wo ist sie nun? – – Wie, wollen diese Hände nimmer rein werden? – – Nichts mehr hievon, Milord, nichts mehr hievon, ihr verderbt alles mit diesem Starren.

Arzt. Geht, geht; ihr wißt etwas, das ihr nicht solltet.

Kammer-Frau. Sie hat gesprochen, was sie nicht sollte, dessen bin ich gewiß; der Himmel weiß, was sie wissen mag.

Lady Macbeth.
Das riecht immer noch nach Blut; alle Gewürze von Arabien können diese kleine Hand nicht anders riechen machen. Oh, oh, oh!

Arzt. Was für ein Seufzer das war! Sie hat etwas schweres auf dem Herzen.

Kammer-Frau. Ich wollte um die ganze Hoheit ihrer Person kein solches Herz in meinem Busen haben.

Arzt. Wohl, wohl, wohl – –

Kammer-Frau. Das gebe Gott, daß es so sey, Sir – –

Arzt. Diese Krankheit geht über meine Erfahrung; indeß hab' ich doch solche Nachtwandler gekannt, die als gute Christen in ihrem Bette gestorben sind.

Lady Macbeth.
Wascht eure Hände, werft euern Schlafrok um, seht nicht so blaß aus – – Ich sag's euch noch einmal, Banquo ist begraben, er kan aus seinem Grabe nicht wiederkommen.

Arzt. Würklich?

Lady Macbeth.
Zu Bette, zu Bette; man klopft an der Pforte: kommt, kommt, kommt, kommt, gebt mir eure Hand: Was geschehen ist, kan nicht geändert werden. Zu Bette, zu Bette, zu Bette.

(Lady Macbeth geht ab.)

Arzt. Geht sie nun zu Bette?

Kammer-Frau. Geradesweges.

Arzt. Man lispelt einander entsezliche Dinge in die Ohren. Unnatürliche Thaten bringen unnatürliche Unruhen hervor, und ein angestektes Gewissen murmelt sein Geheimniß seinem tauben Kopf-Küssen zu. Sie bedarf mehr eines Geistlichen, als eines Arztes. Gott, Gott, vergieb uns allen! – – Sehet zu ihr! Entfernet alles von ihr womit sie sich Schaden thun könnte, und lasset sie keinen Augenblik unbewacht, und hiemit, gute Nacht. Mein Gemüth ist ganz bestürzt und mein Gesicht wie nebel-trunken – – Ich denke, aber reden darf ich nicht.

Kammer-Frau. Gute Nacht, Herr Doctor.

(Sie gehen ab.)

Zweyte Scene

Verwandelt sich in ein Gefilde, mit einem Wald in der Ferne.

Menteth, Cathneß, Angus, Lenox und Soldaten treten auf.

Menteth. Die Englische Macht ist nahe, von Malcolm, seinem Oheim Siward und dem tapfern Macduff angeführt. Sie brennen von Raache: Beleidigungen, wie sie erlidten haben, würden abgestorbene Büssende zu Wuth und blutigen Thaten aufreizen.

Angus. In der Gegend des Waldes von Birnam können wir uns am besten mit ihnen vereinigen; sie kommen denselben Weg.

Cathness. Weiß jemand, ob Donalbain bey ihnen ist?

Lenox. Es ist gewiß, Sir, daß er nicht bey ihnen ist; Ich hab' eine Liste von allen ihren Edeln: Siwards Sohn ist dabey, und eine Menge unbärtiger Jünglinge, die eben izt ihre erste Probe von Mannheit ablegen.

Menteth. Was macht der Tyrann?

Cathness. Er befestiget Dunsinan ungemein stark; einige sagen, er sey rasend; andre, die ihn weniger hassen, nennen es eine heroische Wuth; aber das ist gewiß, daß er, in der verzweiffelten Sache, die er zu verfechten hat, nicht Meister von sich selbst bleiben kan.

Angus. Er fühlt nun, wie die Werkzeuge seiner geheimen Mordthaten sich gegen ihn selber kehren; jeder Augenblik gebihrt einen Abfall, der ihm seinen eignen Treubruch vorwirft; diejenigen, denen er noch befiehlt, bewegen sich allein auf Befehl, nicht aus Liebe; izt fühlt er, daß sein Titel so fluttrig um seine Schultern hängt, als ein Riesen-Rok um einen zwergmäßigen Dieb.

Menteth. Wer kan sich dann wundern, wenn seine bestürzten Sinnen auffahren und zurükzittern, da alles was in ihm ist, sich selbst verdammt?

Cathness. Gut, so wollen wir gehn, und unsern Gehorsam dahin tragen, wohin er gehört; der Arzney unsers kranken Vaterlands entgegengehen, und zu seiner Heilung, unser Blut bis auf den lezten Tropfen hergeben.

Lenox. Wenigstens soviel als nöthig ist, die königliche Blume zu bethauen, und das Unkraut zu ertränken. Laßt uns gegen Birnam vorrüken.

(Sie gehen ab.)

Dritte Scene

Das Schloß zu Dunsinan.

Macbeth, ein Arzt, und Bediente.

Macbeth. Bringt mir keine Zeitungen mehr, laßt sie alle fliehen: Bis der Birnam-Wald sich nach Dunsinan bewegt, kennt Macbeth keine Furcht. Was ist der Knabe Malcolm? Ward er nicht von einem Weibe gebohren? Geister, die den ganzen Zusammenhang der sterblichen Begegnisse kennen, haben so ausgesprochen: Fürchte nichts, Macbeth; keiner, der von einem Weibe gebohren ward, soll jemals Gewalt über dich haben – – So flieht dann, flieht ihr abtrünnigen Thanes, und mischt euch unter diese Englische Zärtlinge. Der Geist, der mich beherrscht, das Herz das mich befeurt, kan nie von Zweifeln wanken, nie von Furcht erschüttert werden.

Ein Bedienter tritt auf.

Daß dich der Teufel schwarz räuchre, du milchsuppichter Bengel! Wie kommst du zu diesem gansmäßigen Aussehn?

Bedienter. Zehen Tausend – –

Macbeth. Gänse, Schurke?

Bedienter. Soldaten, Gnädigster Herr – –

Macbeth. Geh, streich dein Gesicht vorher roth an, du weißlebrichter Bube! Was für Soldaten, Lumpenhund? Daß du verdammt wärest! Deine Wangen von weissem Tuch steken mir noch die andern mit Feigheit an. Was für Soldaten, Molken-Gesicht?

Bedienter. Die Englische Macht, mit eurer Erlaubniß.

Macbeth. Thu mir dein Gesicht aus den Augen – – Seyton! – – Ich werde krank wenn ich's ansehe – – Seyton, sag ich. – – Ich habe lange genug gelebt: mein Leben ist nach und nach ins Welken herabgesunken, in gelbes Laub, und das was das hohe Alter begleiten sollte, Ehre, Zuneigung, Gehorsam, Freunde, an das darf ich nur nicht gedenken: alles was ich dagegen zu erwarten habe, sind Flüche, nicht laut, aber desto tieffer, leere Complimente, Athem, den das arme Herz gern versagen wollte, wenn es dürfte. Seyton! – –

Seyton tritt auf.

Seyton. Was ist euer gnädigster Befehl?

Macbeth. Giebt's keine neue Zeitungen?

Seyton. Es hat sich alles bestättiget, Gnädigster Herr, was berichtet worden ist.

Macbeth. Ich will fechten, bis mir das Fleisch von den Knochen abgehakt ist; gieb mir meine Waffen.

Seyton. Es ist noch nicht nöthig.

Macbeth. Ich will sie anlegen. Schikt mehr Reuter aus, stöbert die ganze Landschaft auf, laß die Schurken aufhängen, die von Furcht reden. Gieb mir meine Rüstung. Was macht eure Patientin, Doctor?

Arzt. Gnädigster Herr, ihre Krankheit besteht hauptsächlich in schwermüthigen Einbildungen, die sie in ihrer Ruhe stören.

Macbeth. So heile sie davon. Kanst du die Schmerzen eines kranken Gemüths nicht stillen, einen eingewurzelten Kummer aus dem Gedächtniß ziehen, die eingegrabnen Unruhen des Hirns ausglätten, und den überladenen Busen von diesem gefährlichen Unrath reinigen, der das Herz beklemmt?

Arzt. Hierinn muß der Kranke selbst das Beste thun.

Macbeth. Wirf deine Arzneyen den Hunden vor, ich will keine – – Komm, leg mir meine Rüstung an; gieb mir meinen Stab. Seyton, schike du – – Doctor, die Thanes fallen von mir ab – – Kommt, Sir, macht hurtig – – Doctor, wenn du das Wasser meines Lands besehen, seine Krankheit ausfündig machen, es ausreinigen und zu seiner vorigen Gesundheit wieder herstellen könntest, dann wollt ich dir zujauchzen, bis die weite Welt von allgemeinem Wiederhall erschallte – – Zieh mich ab, sag' ich – – was für Rhebarber, Senesblätter, oder was für Purgazen könnten wol diese Engländer abtreiben? Hörst du nichts von ihnen?

Arzt. Ja, mein gnädigster Herr; eure königliche Zurüstungen machen, daß wir etwas davon hören.

Macbeth. Bring mir's in mein Zimmer – – Mir kan der Tod nicht bange machen, bis der Birnam-Wald nach Dunsinan kommt.

(Er geht ab.)

Arzt. Wär' ich nur einmal mit ganzer Haut von Dunsinan, mich sollte sobald kein Gewinst wieder dahin ziehen.

(Geht ab.)

Vierte Scene

Verwandelt sich in den Birnam-Wald.

Malcolm, Siward, Macduff, Siward's Sohn, Menteth, Cathneß, Angus, und Soldaten, im Marsch.

Malcolm. Vettern, ich hoffe der Tag ist nahe, da Schlaf-Zimmer wieder sicher seyn werden.

Menteth. Wir zweifeln nicht daran.

Siward. Wie heißt der Wald vor uns?

Menteth. Birnam-Wald.

Malcolm. Laßt jeden Soldaten sich einen Ast abhauen, und ihn vor sich her tragen; wir werden dadurch die Anzahl unsers Heers beschatten, und die Kundschafter in Verwirrung sezen.

Soldaten. Es soll geschehen.

Siward. Wir hören nichts anders, als daß der Tyrann sich noch immer in Dunsinan eingeschlossen hält, und es dort auf eine Belagerung ankommen lassen will.

Malcolm. Es ist seine lezte Hoffnung; er sieht sich von allen Seiten verlassen, und die ihm noch dienen, sind gezwungne Leute, deren Herzen abwesend sind.

Macduff. Laßt unsern gerechten Tadel die Bestätigung des Ausgangs erwarten, und schiken wir uns izt an, als brave Soldaten zu fechten!

Siward. Die Zeit ist da, die uns durch eine gerechte Entscheidung unsern König und unser Eigenthum zusprechen wird. Speculative Gedanken sagen nur ihre unsichre Hoffnungen; Streiche müssen den gewissen Ausgang entscheiden; und diesem laßt uns nun mit Muth entgegenziehen.

(Sie marschieren ab.)

Fünfte Scene

Verwandelt sich in das Schloß Dunsinan.

Macbeth, Seyton und Soldaten, mit Trummeln und Fahnen, treten auf.

Macbeth. Hänget unsre Fahnen über die Mauren heraus, man schreyt immer: Sie kommen. Aber die Festigkeit unsers Schlosses spottet einer Belagerung. Laßt sie da ligen, bis Hunger und Fieber sie aufreiben. Wären sie nicht von denen unterstüzt, die auf unsrer Seite seyn sollten, wir wären ihnen zuversichtlich, Bart gegen Bart, entgegen gegangen, und hätten sie wieder heimgeprügelt – – Was für ein Lerm ist das?

(Man hört ein Geschrey von Weibsleuten.)

Seyton. Es sind die Weibsleute, welche schreyen, Gnädigster Herr.

Macbeth. Ich habe die Furcht ganz verlernt; es war eine Zeit, da mich der Schrey einer Nachteule schauern gemacht hätte – – Aber das ist nun anders; ich habe mit Schrekgespenstern zunachtessen gelernt: Das Entsezlichste ist mit meinen blutigen Gedanken so vertraulich worden, daß ich nicht mehr erschreken kan. Was bedeutete das Geschrey?

Seyton. Die Königin ist todt!

Macbeth. Sie hätte ein andermal sterben sollen; es würde wol einmal die Zeit dazu gekommen seyn. Morgen, und Morgen, und Morgen kriecht in seinem Pygmäen-Schritt von einem Tag zum andern; alle unsre Gestern haben buntschekigte Narren, die auf dem Wege des Todes vor ihnen her gaukeln. Aus, aus, kleine Kerze! Leben ist nur ein wandelnder Schatten, ein armer Schauspieler, der seine Stunde lang auf dem Schauplaze sich spreißt, und ein grosses Wesen macht, und dann nicht mehr bemerkt wird. Es ist ein Mährchen, das ein Dummkopf erzählt, voll Schall und Bombast, aber ohne Sinn.

Ein Bote tritt auf.

Du kommst, deine Zunge zu brauchen; mach' es kurz.

Bote. Gnädigster Herr, ich sollte sagen, was ich gesehen hab, und weiß nicht wie ich es sagen soll.

Macbeth. Gut, sag es, Sir.

Bote. Wie ich auf dem Hügel auf meinem Posten stand, schaut' ich gegen Birnam und da dauchte mich, der Wald bewege sich gegen mich her.

Macbeth *schlägt ihn.*
Du lügenhafter Schurke!

Bote. Laßt mich euern Grimm erfahren, wenn es nicht so ist; binnen dieser drey Meilen könnt ihr ihn selbst kommen sehen; wie ich sage, einen Wald, der sich herbewegt.

Macbeth. Wenn du gelogen hast, sollst du lebendig an den nächsten Baum aufgehangen werden, bis du vor Hunger zusammenschrumpfest: Sagst du die Wahrheit, so bekümmr' ich mich nichts darum, wenn du es mir so machst – – Aber, wie, wenn ein Doppelsinn in den Worten dieses Teufels läge, der seinen Lügen die Gestalt der Wahrheit zu geben pflegt? – – Fürchte dich nicht, bis der Birnam-Wald nach Dunsinan kommt – – und nun kommt ein Wald gegen Dunsinan. Die Waffen an, die Waffen an, und hinaus! Wenn es so ist, wie er sagt, so ist entfliehen und hier bleiben gleich sicher – – Ich fange an, dieser Sonne überdrüßig zu werden – – Schlagt die Sturmgloke – – Stürmt, ihr Winde, und zerschmettert in allgemeinem Schiffbruch die ganze Natur – – Hinweg! wenn wir sterben müssen, so wollen wir doch mit den Waffen in den Händen sterben.

(Sie gehen ab.)

Sechste Scene

Vor Dunsinan.

Malcolm, Siward, Macduff und ihr Kriegsheer, mit Zweigen.

Malcolm. Nun sind wir nahe genug; werft eure laubichten Schirme weg, und zeigt euch als diejenigen die ihr seyd. Ihr, Ehrwürdiger Oheim, sollt mit meinem Vetter, euerm edeln Sohn, unser erstes Treffen anführen; und Macduff und ich wollen, nach euern Befehlen, das übrige auf uns nehmen, was zu thun seyn wird.

Siward. Gehabt euch wohl; finden wir nur noch vor Nacht die Schaaren des Tyrannen, so laßt uns geschlagen werden, wenn wir nicht fechten.

Macduff. Laßt alle unsre Trompeten zum Angriff blasen.

(Sie gehen ab. Man bläßt zum Angriff.)

Macbeth tritt auf.

Macbeth. Sie haben mich an einen Pfosten angebunden, ich kan nicht entfliehen, sondern muß, wie ein gehezter Bär, für mein Leben fechten. Wer ist der, den kein Weib gebohren hat? Ich will ihn fürchten, sonst keinen.

Der junge Siward tritt auf.

Junge Siward. Wie ist dein Name?

Macbeth. Du würdest zittern wenn du ihn hörtest.

Junge Siward. Das würd' ich nicht, und wenn du dir gleich einen heissern Namen gäbest, als irgend einer in der Hölle.

Macbeth. Mein Nam' ist Macbeth.

Junge Siward. Der Teufel selbst könnte mir keinen verhaßtern nennen.

Macbeth. Und keinen furchtbarern.

Junge Siward. Du lügst, du verworfner Tyrann, mit meinem Schwerdt will ich beweisen, daß du es gelogen hast.

Sie fechten, und der junge Siward fällt.

Macbeth. Dich hat ein Weib gebohren – – Ich lächle nur zu Schwerdtern, die von Weiber-Söhnen geschwungen werden.

(Er geht.)

Das Kriegs-Getümmel daurt fort. Macduff tritt auf.

Macduff. Von daher kommt das Getümmel: Tyrann, zeige dein Gesicht; wenn du von einer andern als meiner Hand gefallen bist, so werden die Geister meines Weibes und meiner Kinder mir keine Ruhe lassen. Ich kan nicht auf diese armseligen Kernen schlagen, deren Aerme gedungen sind ihre Speere zu tragen; du must es seyn, Macbeth, oder ich steke mein Schwerdt unbesudelt wieder in die Scheide – – dort solltest du seyn; dieser grosse Lerm scheint einen vom ersten Rang anzukünden. Laß mich ihn finden, Glük, mehr verlang' ich nicht.

(Er geht ab.)

Getümmel. Malcolm und Siward treten auf.

Siward. Gnädigster Herr, auf dieser Seite ist das Schloß unser: Des Tyrannen Leute fechten mehr für uns als für ihn; die edeln Thanes halten sich vortreflich; noch eine kleine Arbeit, so ist der Tag euer.

Malcolm. Wir haben mit Feinden zu thun, deren Streiche alle neben uns vorbey gehen.

Siward. Wir wollen in das Schloß hinein, Gnädigster Herr.

(Sie gehen ab.)

Siebende Scene

Getümmel. Macbeth tritt auf.

Macbeth. Wie? Ich sollte hier den Römischen Narren machen und auf meinem eignen Schwerdt sterben? Nein, so lang ich noch was lebendiges um mich sehe, will ich es besser gebrauchen.

Indem er wieder abgehen will, stößt Macduff auf ihn.

Macduff. Zurük, Höllenhund, zurük!

Macbeth. Unter allen Menschen bist du der einzige, dem ich ausgewichen bin: Geh deines Weges, meine Seele ist mit dem Blut der deinigen schon beladen genug.

Macduff. Ich habe keine Worte; meine Stimme ist in meinem Schwerdt! du blutigerer Bösewicht als Worte dich mahlen können – –

(Sie fechten).

Macbeth. Du verliehrst deine Mühe; eben so leicht möchtest du die unverwundbare Luft mit deinem Schwerdt durchlöchern, als mich bluten machen; laß es auf sterbliche Schädel fallen; ich trage ein bezaubertes Leben, das keinem weichen kan, der von einem Weibe gebohren ward.

Macduff. So verzweifle! Verruchter, und laß den Teufel, dem du gedient hast, dir sagen, daß Macduff unzeitig aus seiner Mutter Leib geschnitten ward.

Macbeth. Verflucht sey die Zunge, die mir das sagt, denn sie hat den besten Theil meiner Mannheit entnervet; und verflucht sey, wer diesen gauklerischen Teufeln mehr glaubt, die uns mit Wizspielen und Doppelsinn betrügen; die ihr Versprechen unserm Ohr halten, und es unsrer Hoffnung brechen! Ich will nicht mit dir fechten.

Macduff. So ergieb dich dann, Memme, und lebe, um die Fabel und das Schauspiel der Zeit zu seyn. Wir wollen dich, wie irgend ein seltnes Ungeheuer, abgemahlt an einer Stange herumtragen lassen, mit der Unterschrift: *Hier ist zu sehen der Tyrann.*

Macbeth. Ich will mich nicht ergeben, den Boden vor des Knaben Malcolm's Füssen zu küssen, und den Flüchen des lumpichten Pöbels zum Ziel zu dienen. Wenn gleich der Birnam-Wald nach Dunsinan gekommen ist, und du, mein Gegner, von keinem Weibe gebohren wardst, so will ich doch das lezte versuchen. Hier zieh ich meinen Schild vor meinen Leib; schlage zu, Macduff, und verdammt sey der, der zuerst ruft: Halt, genug!

(Sie fechten, und entfernen sich vom Theater. Das Getümmel daurt fort.)

Achte Scene

Man bläßt zum Abzug. Ein Trompeten-Stoß. Malcolm, Siward, Rosse, Thanes und Soldaten, ziehen mit Trummeln und Fahnen auf.

Malcolm. Ich wollte, die Freunde, die wir missen, wären unbeschädigt angelangt.

Siward. Einige müssen schon drauf gehen, und doch ist so viel ich sehe, ein so grosser Tag wolfeil gekauft.

Malcolm. Macduff wird vermißt, und euer edler Sohn!

Rosse. Euer Sohn, Milord, hat die Schuld eines Soldaten bezahlt; er lebte nur bis er ein Mann war, und hatte nur so viel Zeit, seinen Muth durch Thaten zu beweisen, so starb er als ein Mann.

Siward. So ist er todt?

Rosse. Ja, und schon vom Schlachtfeld weggetragen; ihr müßt euern Schmerz nicht seinem Werth gleich messen, sonst hätt' er kein Ende.

Siward. Hat er seine Wunden vornen?

Rosse. Ja, in der Stirne.

Siward. Nun dann, so sey er Gottes Soldat! Hätt' ich so viel Söhne als ich Haare habe, ich wollt' ihnen keinen schönern Tod wünschen.

Malcolm. Er ist einer grössern Trauer werth, und die will ich ihm erstatten.

Siward. Er ist keiner grössern werth; sie sagen, er starb edel, und bezahlte seine Zeche. Und so, sey Gott mit ihm! – – Hier kommt ein neuer Trost:

Macduff tritt mit Macbeths Kopf auf.

Macduff. Heil dir, König! Denn der bist du nun! Sieh' hier des Tyrannen verfluchten Kopf; die Zeit ist frey; ich seh dich von den Edeln deines Königreichs umgeben, die meinen Gruß in ihren Herzen nachsprechen, und die ich nun bitte, ihre Stimmen mit der meinigen zu erheben: Heil, König von Schottland!

Alle. Heil, König von Schottland!

(Ein Trompeten-Stoß.)

Malcolm. Wir wollen keine Zeit verliehren, bis wir mit eurer Liebe zu uns abrechnen, und mit einem jeden unter euch quitt sind. Thanes und Vettern, von nun an seyd Grafen, die ersten, die Schottland mit diesem Ehren-Namen begrüßt hat. Was ferner zu thun ist, und die erste Sorge unsrer neuangehenden Regierung seyn muß, die Zurükberufung unsrer verbannten Freunde, der Proceß der grausamen Werkzeuge dieses todten Schlächters und seiner teuflischen Königin, (die, wie man glaubt, gewaltsame Hände an ihr eigen Leben gelegt hat.) Dieses, und was sonst zu besorgen seyn wird, wollen wir, mit des Himmels Beystand, in

Maaß, Zeit und Ort zu Stande bringen: Und hiemit danken wir euch allen auf einmal, und jedem insbesondere, und laden euch nach Scone zu unsrer Crönung ein.

(Sie gehen unter Trompeten-Schall ab.)